U0909773

中华经典随笔

插图本

世说新语

【南朝宋】刘义庆 著

沈海波 评注

中華書局

图书在版编目(CIP)数据

世说新语:插图本/(南朝宋)刘义庆著;沈海波评注.—北京:中华书局,2007.9(2018.7重印)
(中华经典随笔)
ISBN 978-7-101-05849-9

Ⅰ.世…　Ⅱ.①刘…②沈…　Ⅲ.笔记小说-中国-南朝宋　Ⅳ.I242.1

中国版本图书馆CIP数据核字(2007)第144647号

书　　名　世说新语(插图本)
著　　者　〔南朝宋〕刘义庆
评 注 者　沈海波
丛 书 名　中华经典随笔
责任编辑　刘胜利
出版发行　中华书局
　　　　　(北京市丰台区太平桥西里38号　100073)
　　　　　http://www.zhbc.com.cn
　　　　　E-mail:zhbc@zhbc.com.cn
印　　刷　北京瑞古冠中印刷厂
版　　次　2007年9月北京第1版
　　　　　2018年7月北京第11次印刷
规　　格　开本/700×1000毫米　1/16
　　　　　印张17½　插页2　字数150千字
印　　数　57001-62000册
国际书号　ISBN 978-7-101-05849-9
定　　价　35.00元

编选说明

《世说新语》是中国古代志人小说的代表作，作者是刘宋临川王刘义庆。全书共36篇1130则，主要记载了东汉末年直至刘宋初年近300年间的人物故事，内容包罗万象，涉及到政治、经济、文学、思想、习俗、民生等诸多方面，保存了大量非常珍贵的历史资料。

《世说新语》以文笔简洁明快、语言含蓄隽永著称于世，往往只言片语就可以鲜明地刻画出人物的形象和性格特征，鲁迅曾经评论其"记言则玄远冷峻，记行则高简瑰奇"(《中国小说史略》)。如《容止》："庾太尉在武昌，秋夜气佳景清，使吏殷浩、王胡之之徒登南楼理咏。音调始遒，闻函道中有屐声甚厉，定是庾公。俄而率左右十许人步来……"可谓闻其声见其人；又如《豪爽》记王敦"自言知打鼓吹，帝令取鼓与之。于坐振袖而起，扬槌奋击，音节谐捷，神气豪上，傍若无人"，其豪爽之态跃然纸上；又如《任诞》："苏峻乱，诸庾逃散。庾冰时为吴郡，单身奔亡。民吏皆去，唯郡卒独以小船载冰出钱塘口，蘧篨覆之。时峻赏募觅冰，属所在搜检甚急。卒舍船市渚，因饮酒醉，还，舞棹向船曰：'何处觅庾吴郡，此中便是！'冰大惶怖，然不敢动。监司见船小装狭，谓卒狂醉，都不复疑。自送过淛江，寄山阴魏家，得免。"庾冰逃难途中命悬一线，情节之紧张令人握中生汗。可见，《世说新语》的文学成就极高，所以历来被视为我国古典文学名著之一。

《世说新语》反映最丰富的一部分内容,是魏晋时期的名士风度。名士风度,也称魏晋风度,是魏晋时期名士们言谈举止的一个总括。名士风度有三个主要的外在表现形式:饮酒、服药、清谈。

魏晋时期士人阶层中嗜酒成风,而且毫无节制。刘伶因饮酒过度而伤了身体,妻子哭泣着劝他戒酒,但他却说:"妇人之言,慎不可听!"接着便引酒进肉,隗然已醉矣;孔群每当田里收成不佳时,他关心的不是口粮不够的问题,而是担心不够酿酒用的;周颉曾经一连三日醉酒不醒,被当时人戏称为"三日仆射";阮咸等人甚至与群猪共饮;阮籍听说步兵校尉官署的厨房里贮酒数百斛,便求为步兵校尉;张翰说过一句名言:"使我有身后名,不如即时一杯酒!"此类故事比比皆是。究其原因,大致有四个方面。

其一是纵欲享乐。汉末开始的社会动乱使人们毫无安全感,很多人便开始转向及时行乐,用酒精来麻痹自己,毕卓所说:"拍浮酒池中,便足了一生"(《任诞》)就是一个很好的写照。

其二是惧祸避世,明哲保身。魏晋时期政局不稳,政权的更迭、权力的转移极为频繁,很多士人为能在纷乱的时局中保全自己,便以嗜酒来表示自己在政治上的超脱。如阮籍终日饮酒不问政事,因此得以寿终。

其三是表现任放的名士风度。魏晋名士追求旷达任放,并以饮酒作为表现形式。如竹林七贤"常集于竹林之下,肆意酣畅",因此为世人所称道;又如阮脩不慕权贵,常"以百钱挂杖头,至酒店,便独酣畅",以显示其洒脱和不羁。

其四是追求物我两忘的境界。魏晋名士好老庄之学,讲求形神相亲,而狂饮烂醉便可达到物我两忘的境界,求得高远之志。所以王蕴说:"酒,正使人人自远。"(《任诞》)王忱说:"三日不饮酒,觉形神不复相亲。"(《任诞》)

当然,魏晋名士中也并非个个是酒徒,干宝就曾劝郭璞不要饮酒过度,大名士王导更是屡屡劝人戒酒,并成功地帮助晋元帝戒了酒瘾。

魏晋名士还很流行服五石散。五石散主要由丹砂、雄黄、白矾、曾青、磁石这五种金石类药调制而成,因药性猛烈,服后需行走发散,故名五石散。又服者需冷食、薄衣,故亦称寒食散。服散的目的,主要是为了求得长生,其次是为了感官的刺激,据说服后可以心情开朗、体力增强。何晏就曾说:“服五石散非唯治病,亦觉神明开朗。”(《言语》)此外,服散据说还有美容的功能,对服散颇有心得的大名士何晏即“美姿容,面至白”(《容止》),名士们因此纷纷效仿,形成风尚。

饮酒和服药展现的是魏晋名士任性、放达的性格特征,而清谈则是魏晋名士外在风度和内在气质的综合体现。清谈起于汉末,名士群集,臧否人物,评论时事,称为清议。魏晋时期的清谈则侧重于玄学,即所谓内圣外王、天人之际的玄远哲理。清谈时一般分为宾主两方,先由谈主设立论题,并进行申述,称为“通”;次由他人就论题加以诘辩,称为“难”。也可以由谈主自为宾主,翻覆分析义理。清谈时,名士们往往手持麈尾,以之指划。如殷浩拜会王导时,王导特地“自起解帐带麈尾”,说:“身今日当与君共谈析理。”(《文学》)孙盛和殷浩清谈终日,无暇饮食,激动时互相挥舞麈尾,结果饭菜中掉满了麈尾上脱落的毛(《文学》)。

清谈是魏晋名士相互交流的场合,有些人能借以一举成名,如东晋名僧康僧渊一开始并没有什么人知道他,一天他跑到殷浩家里去,“粗与寒温,遂及义理,语言辞旨,曾无愧色,领略粗举,一往参诣,由是知之”(《文学》)。有些人能结交到知己,如王羲之本来轻视支道林,但支道林论《庄子·逍遥游》时,“作数千言,才藻新奇,花烂映发。王遂披襟解带,留连不能已”(《文学》)。有些人则借机刁难寻仇,如许询年少气盛,听说人们把他比作王脩,觉得小看了他,“意甚忿,便往西寺与王论理,共决优劣,苦相折挫,王遂大屈”(《文学》)。

清谈时宾主辩论往往非常激烈,有时高下立判,有时则不相上下,一般情况下名士们都能惺惺相惜。如王导与殷浩“既共清言,遂达三更”,王导叹曰:“向来语乃竟未知理源所归。至于辞喻不相负,正始之音,正当尔耳。”(《文学》)但也有反目成仇的。如于法开和支道林争名,他在逐渐处于下风时隐居剡县,经过精心准备,让弟子去和支道林辩论,并预先设计好辩论的内容与步骤,“林公遂屈,厉声曰:‘君何足复受人寄载来!’”(《文学》)

除了饮酒、服药和清谈,魏晋名士们也注重内在的修养,《世说新语》把“德行”放在篇首,就很能说明问题。如陈蕃“言为士则,行为世范”、王祥至孝感动后母、庾亮不以己祸嫁人、殷仲堪性节俭、罗企生尽忠就义，说明虽然身逢乱世，但魏晋名士仍以德行为高，殊为感人。此外，魏晋名士多存高远之志，如刘驎之超然物外、戴逵厉操东山、管宁与华歆割席断交，这些故事都积淀为中国知识分子洁身自好、不为五斗米折腰的优良传统。

读《世说新语》，不能不读南朝梁刘孝标的注。历来对刘孝标的注都有很高的评价，《四库全书总目提要》说："孝标所注，特为典赡……其纠正义庆之纰缪，尤为精核。所引诸书，今已佚其十之九，惟赖是注以传。故与裴松之《三国志注》、郦道元《水经注》、李善《文选注》同为考据家所引据焉。"

《世说新语》所载人物和故事，发生在魏晋南北朝这一特定的历史时期，所以要读通读懂《世说新语》，则必须首先了解当时的社会历史背景。切忌以现代人的观念和常识，对魏晋时期的人物和故事进行品评，否则在理解上就难免会出现南辕北辙的情况。

本书节选了《世说新语》的部分精彩内容，以故事性、趣味性和哲理性为主，以原书顺序编排篇目，并进行简单的注释和评析，以便于读者阅读和理解。

本书在编撰过程中，我的研究生黄丹丹也付出了大量的劳动，包括文字的打印、校对工作，并且拟订了部分条目的标题，不能掠美，谨此说明。

沈海波

2007 年 7 月

目录

目录

目录

目录

目录

目录

目录

目录

德行第一

采薇图

陈蕃礼贤下士

陈仲举言为士则[①]，行为世范，登车揽辔[②]，有澄清天下之志。为豫章太守[③]，至，便问徐孺子所在[④]，欲先看之。主簿白[⑤]：“群情欲府君先入廨[⑥]。”陈曰：“武王式商容之闾[⑦]，席不暇暖。吾之礼贤，有何不可？”

徐稚磨镜

【注释】

①陈仲举：陈蕃（？—168），字仲举，汝南平舆（今属河南）人。桓帝时官至太尉，灵帝时为太傅，与外戚谋诛宦官，事泄被杀。

②登车揽辔：登上公车，手执缰绳，指赴任就职。

③豫章：郡名，治所在今南昌。

④徐孺子：徐稚（97—168），字孺子，豫章南昌（今属江西）人。家境贫苦，不满宦官专权，虽多次征聘，终不肯就，时称“南州高士”。

⑤主簿：官名，掌管印信及文书往来事务。

⑥府君：汉人对太守的称呼。廨（xiè）：官署。

⑦式：通“轼”，古代车厢前用做扶手的横木。这里用作动词，人立车中，俯凭车前横木以示敬意。商容：殷末贤臣，为纣王所贬。闾（lǘ）：里门，巷口之门，指住处。

【点评】

周武王“式商容之闾”的典故出自《古文尚书·武成篇》。陈蕃以武王为榜样，赴任之初，尚未进府署，即首先向隐居的高士徐稚致意，足以表现其尊重贤才、以澄清天下为己任的胸怀。此后，陈蕃一直对徐稚优礼有加，还曾为其专设坐榻，等徐稚走后就把坐榻挂起来。

陈谌取寓设譬答客问

客有问陈季方[①]："足下家君太丘[②]，有何功德，而荷天下重名？"季方曰："吾家君譬如桂树生泰山之阿[③]，上有万仞之高，下有不测之深；上为甘露所沾[④]，下为渊泉所润[⑤]。当斯之时，桂树焉知泰山之高，渊泉之深？不知有功德与无也。"

【注释】

①陈季方：陈寔第六子陈谌(chén)，字季方。

②太丘：陈寔(104—187)，字仲弓，颍川许县(今河南许昌东)人。任太丘长，修洁清静。后曾遭党锢之祸。

③阿(ē)：弯曲的地方。

④沾：沾溉。

⑤渊泉：深泉。

【点评】

文中陈谌巧妙地比喻其父为泰山之阿的桂树，认为父亲就好比生长在泰山之阿的桂树，上有万仞高的山峰，下有不可测量的溪谷；上面受到甘甜露水的沾溉，下面又有深邃泉水的滋润；桂树哪里知道泰山有多高，渊泉有多深呢？

难兄难弟

陈元方子长文[①]，有英才，与季方子孝先各论其父功德[②]，争之不能决。咨于太丘，太丘曰："元方难为兄，季方难为弟。"

【注释】

①陈元方：陈寔长子陈纪，字元方。长文：陈群，字长文。

②孝先：陈忠，字孝先。

【点评】

陈家子弟称颂父辈的功德，争执不下，只有请祖父来评判。而陈寔认为纪、谌兄弟皆贤，难分高下，故有兄难为弟亦难为之语。成语“难兄难弟”即出此。

管宁割席

管宁、华歆共园中锄菜[①]，见地有片金，管挥锄与瓦石不异，华捉而掷去之。又尝同席读书，有乘轩冕过门者[②]，宁读如故，歆废书出看。宁割席分坐，曰：“子非吾友也！”

魏晋墓砖画上的牛耕图

【注释】

①管宁（158—241）：字幼安，北海朱虚（今山东临朐东南）人。汉末避乱居辽东，聚徒讲学，三十余年始归。魏文帝拜其为太中大夫，明帝拜其为光禄勋，皆固辞不受。华歆（xīn，157—231）：字子鱼，平原高唐（今山东禹城西南）人。东汉末举孝廉，为尚书郎。献帝时任豫章太守，后征召入京，为尚书令。魏文帝时任司徒，明帝时转拜太尉。

②轩冕：古代卿大夫的车服。

【点评】

从管宁、华歆对片金和轩冕过门这两件小事的不同反映上，足以看出他们不同的志趣和抱负。一则淡泊清高、视金银如瓦石，一则对金银爵禄不能忘怀。所以两人最终割席断交。后来的经历也验证了他们不同的志向。华歆官至太尉，管宁则始终如一，甘于淡泊，数次征辟皆不就。

王祥至孝感动后母

王祥事后母朱夫人甚谨①。家有一李树，结子殊好②，母恒使守之。时风雨忽至，祥抱树而泣。祥尝在别床眠，母自往暗斫之③。值祥私起④，空斫得被。既还，知母憾之不已，因跪前请死。母于是感悟，爱之如己子。

王祥剖冰求鲤图

【注释】

①王祥（184—268）：字休征，琅邪临沂（今属山东）人。汉末携母隐居庐江三十馀年。后任温令，累迁大司农、司空、太尉。西晋时官拜太保。

②殊：极，很。

③斫（zhuó）：砍。

④私起：因解手而起床。私，解手。

【点评】

王祥谨奉后母的孝迹据史料记载还有四事：一为严冬河水冰冻时，后母欲吃生鱼，王祥便解衣卧冰求之；二为后母想吃烤黄雀，有数只黄雀自动飞来；三是为了侍奉后母，王祥年近六旬仍不愿出仕；四是父母有疾，王祥总是衣不解带，汤药必亲尝。最后，王祥的精诚终于使百般刁难、虐待他的后母为之感动醒悟，爱之若亲子。王祥卧冰求鲤的故事在“二十四孝”事迹中最为感人，广为流传，妇孺皆知。

王戎鸡骨支床

王戎、和峤同时遭大丧①，俱以孝称。王鸡骨支床②，和哭泣备礼③。武帝谓刘仲雄曰④：“卿数省王、和不⑤？闻和哀苦过礼，使人忧之。”仲雄曰：“和峤虽备礼，神气不损；王戎虽不备礼，而哀毁骨立。臣以和峤生孝，王戎死孝。陛下不应忧峤，而应忧戎。”

【注释】

①王戎（234—305）：字濬冲，琅邪临沂（今属山东）人。好清谈，为“竹林七贤”之一。惠帝时累官尚书令、司徒。和峤（？—292）：字长舆，汝南西平（今属河南）人。为颍川太守，迁中书令。惠帝时拜太子太傅。大丧：父母之丧。

②鸡骨支床：瘦骨嶙峋，支离于床。鸡骨，形容瘦弱憔悴的样子。支，支离，形容精神萎靡、涣散的样子。

③备礼：礼数完备周到。

④武帝：晋武帝司马炎（236—290），字安世，司马昭之子。代魏称帝，建立晋朝。刘仲雄：刘毅（？—285），字仲雄，东莱掖（今山东掖县）人。官至司隶校尉、尚书仆射。

⑤数（shuò）：屡次，常常。省（xǐng）：看望。不（fǒu）：同“否”。

王戎像

【点评】

王戎与和峤都是孝子，但他们表现孝道的方式有异。和峤“以礼法自持”，“量米而食”，“哭泣备礼”，一切如礼如法，引起了晋武帝的注意。王戎是清谈家，“不拘礼制”，饮酒、食肉、观棋等，照常进行，置礼法于不顾，然内心之哀伤却使其形销骨立。两人一重形式，一重内心。礼法之士尚门面，清谈之士多率直。和峤的“生孝”符合礼法，王戎差点危及性命的“死孝”则是与礼法违背的。幸亏刘毅敢于直言，改变了武帝的看法。

庾亮不以己祸嫁人

庾公乘马有的卢[①]，或语令卖去。庾云：“卖之必有买者，即复害其主，宁可不安己而移于他人哉[②]？昔孙叔敖杀两头蛇以为后人[③]，古之美谈。效之，不亦达乎[④]？”

【注释】

①庾公：庾亮（289—340），字元规，颍川鄢陵（今河南鄢陵西北）人。妹为明帝皇后。历仕元帝、明帝、成帝三朝。以帝舅与王导辅立成帝，任中书令，执朝政。后镇武昌，任征西将军。的卢：额部有白色斑点的马，传说为凶马。

②宁（nìng）可：怎么能，岂可。

③孙叔敖：蒍（wěi）氏，名敖，字孙叔，春秋时楚国期思（今河南淮滨东南）人。官令尹（楚相），辅助楚庄王奠定霸业。

④达：通达，明白事理。

【点评】

春秋时期的楚相孙叔敖杀死两头蛇为民除害，自古传为美谈。庾亮师法孙叔敖的故事，不愿意卖凶马，宁肯自担灾祸，而不愿转嫁于人，可见其胸怀之坦荡。

阮裕焚车

阮光禄在剡[①]，曾有好车，借者无不皆给。有人葬母，意欲借而不敢言，阮后闻之，叹曰：“吾有车，而使人不敢借，何以车为？”遂焚之。

魏晋马车

【注释】

①阮光禄：阮裕，字思旷，陈留尉氏（今属河南）人。因曾被征召为光禄大夫，故称。

【点评】

阮裕是阮籍的同族叔伯兄弟，以德业知名，主张“人不须广学，正应以礼让为先”。所以当他得知别人不敢向自己借车时，便认为是自己的责任，毫不顾惜地将车焚毁。

简文帝宅心仁厚

晋简文为抚军时[①]，所坐床上，尘不听拂[②]，见鼠行迹，视以为佳。有参军见鼠白日行[③]，以手板批杀之[④]，抚军意色不说。门下起弹[⑤]，教曰[⑥]："鼠被害尚不能忘怀，今复以鼠损人，无乃不可乎？"

【注释】

①晋简文：简文帝司马昱（yù），字道万，元帝少子，初封为琅邪王，徙封会稽王。后为大司马桓温拥戴即帝位。

②不听：不许，不让。

③参军：将军府属下的官员。

④手板：即笏。古代官吏上朝或谒见上司时拿在手中的狭长板子，以备记事用。批：击打。

⑤弹（tán）：弹劾。

⑥教：上对下的告谕。

魏晋南北朝时期的小榻

【点评】

简文帝是玄言家，擅长清谈，主张清静无为，甚至不愿别人打扫坐塌的尘灰，听凭老鼠横行。当属下打死老鼠时，他虽有不悦之色，倒也推鼠及人，不予追究。说明简文帝还是有人本思想的。

殷仲堪不失节俭本色

殷仲堪既为荆州[①]，值水俭[②]，食常五碗盘[③]，外无馀肴，饭粒脱落盘席间，辄拾以啖之。虽欲率物[④]，亦缘其性真素[⑤]。每语子弟云："勿以我受任方州[⑥]，云我豁平昔时意[⑦]，今吾处之不易。贫者，士之常，焉得登枝而捐其本！尔曹其存之[⑧]。"

【注释】

①殷仲堪(?—399):陈郡(今河南淮阳)人。孝武帝时任都督荆、益、宁三州军事、荆州刺史,镇江陵。后桓玄攻江陵时战败被俘,自杀。

晋青瓷羊

②水:水灾。俭:年成歉收。

③五碗盘:当时流行的一种成套的食器,由一只圆形托盘和五只小碗组成。

④率物:为人表率。

⑤真素:自然坦率,不做作。

⑥方州:大州。方,大。

⑦豁:舍弃。

⑧尔曹:你们。

【点评】

殷仲堪性节俭,吃饭时如有饭粒掉在桌子上,他总是捡起来吃掉,还常告诫后辈要坚守清贫的士人本色。身为一方重镇的军政长官,能够如此身体力行,注重节俭,是颇为难得的。

罗企生尽忠就义

桓南郡既破殷荆州[①],收殷将佐十许人,咨议罗企生亦在焉[②]。桓素待企生厚,将有所戮,先遣人语云:“若谢我,当释罪。”企生答曰:“为殷荆州吏,今荆州奔亡,存亡未判,我何颜谢桓公!”既出市,桓又遣人问:“欲何言?”答曰:“昔晋文王杀嵇康,而嵇绍为晋忠臣[③]。从公乞一弟以养老母。”桓亦如言宥之[④]。桓先曾以一羔裘与企生母胡,胡时在豫章,企生问至,即日焚裘。

【注释】

①桓南郡:桓玄(369—404),字敬道,一名灵宝,谯国龙亢(今安徽怀远西)人。桓温之少子,袭封为南郡公。曾官义兴太守、江州刺史、都督荆州等八州郡军事。元兴元年(402)举兵攻入建康,杀司马元显,掌朝政。次年代晋自立,国号楚。不久为刘裕所

败，自杀。殷荆州：殷仲堪。

②咨议：官名。晋以后公府、军府设咨议参军，以备咨询谋议，简称“咨议”。罗企生：字仲伯，晋豫章（今江西南昌）人，为殷仲堪咨议参军。

③嵇绍（253—304）：字延祖，嵇康之子。永安元年（304）东海王司马越挟持惠帝与成都王司马颖交战，大败于荡阴，当时百官与侍卫都溃散，只有嵇绍以身卫帝，被杀于帝侧，血溅帝衣。

④宥（yòu）：赦免。

【点评】

罗企生虽已料到殷仲堪必败，但路经家门而不入，将老母托付给兄弟，自己尽忠，保全弟弟尽孝。当殷仲堪败逃时，只有他一人随从。桓玄攻入荆州时，别人都去参拜，唯有罗企生不往。桓玄一向待罗企生不薄，临处决时还给他留一条生路，但他为了报答殷仲堪的知遇之恩，宁愿赴死。其重义轻死之举受到后人敬仰，故《晋书》本传将其列入《忠义传》，予以褒扬。

陈遗因孝得报

吴郡陈遗[①]，家至孝。母好食铛底焦饭[②]，遗作郡主簿，恒装一囊，每煮食，辄贮录焦饭，归以遗母。后值孙恩贼出吴郡[③]，袁府君即日便征[④]。遗已聚敛得数斗焦饭，未展归家[⑤]，遂带以从军。战于沪渎[⑥]，败，军人溃散，逃走山泽，皆多饥死，遗独以焦饭得活。时人以为纯孝之报也。

【注释】

①陈遗：生平事迹不详。

②铛（chēng）：平底浅锅。

③孙恩（？—402）：字灵秀，琅邪（今山东临沂北）人，世奉五斗米道。司马道子当政时，孙恩率众自海岛攻会稽、江口、临海、京口、建康，前后数年。后为刘裕所败，投水自杀。

④袁府君：袁山松（？—401），一名崧，阳夏（今河南太康）人。少有

墨屏《二十四孝图》

才名，博学能文。为吴郡太守，孙恩攻沪渎，袁山松固守，城陷而死。著《汉书》百篇，已佚，有辑本。

⑤未展：未及，来不及。

⑥沪渎(dú)：水名，在上海东北吴淞江下游近海处。

【点评】

本文所写，《南史·孝义传》亦有记载，并叙陈遗失踪后，“母昼夜泣涕，目为失明，耳无所闻。遗还入户，再拜号咽，母豁然即明”。颇有传奇色彩。

言语第二

延陵挂剑图

边让失次序

边文礼见袁奉高[①]，失次序[②]。奉高曰："昔尧聘许由[③]，面无怍色[④]。先生何为颠倒衣裳？"文礼答曰："明府初临，尧德未彰，是以贱民颠倒衣裳耳。"

【注释】

①边文礼：边让，字文礼，东汉陈留浚(xùn)仪(今属河南)人，为九江太守。献帝时去官还家，后因对曹操不敬而被杀。袁奉高：袁阆(làng)，字奉高，汉末汝南(今河南上蔡)人，官至太尉掾。

②失次序：指举止失措。

③许由：传说为上古高士，隐于箕山，尧欲将天下相让，由不受；又召其为九州长，由不愿听，洗耳于颍水之滨。

④怍(zuò)色：惭愧的神色。

巢由洗耳图

【点评】

边让见袁阆时，可能因为没有准备，一时间显得有点慌乱。袁阆引许由的故事，暗喻贤者不应举止失措。边让很快就镇定了下来，称是"尧德未彰"之故，可见其反应之敏捷。

孔融小时了了

孔文举年十岁[①]，随父到洛。时李元礼有盛名[②]，为司隶校尉[③]。诣门者，皆俊才清称及中表亲戚乃通。文举至门，谓吏曰："我是李府君亲。"既通，前坐。元礼问曰："君与仆有何亲？"对曰："昔先君仲尼与君先人伯阳有师资之尊[④]，是仆与君奕世为通好也[⑤]。"元礼及宾客莫不奇之。太中大夫陈韪后至[⑥]，人以其语语之。

韪曰：“小时了了[⑦]，大未必佳。”文举曰：“想君小时，必当了了。”韪大踧踖[⑧]。

【注释】

①孔文举：孔融（153—208），字文举，东汉鲁（今山东曲阜）人。献帝时任北海相，时称孔北海。又任少府、太中大夫等职。恃才负气，因触怒曹操，被杀。建安七子之一，著作大多散佚，有明辑本《孔北海集》。

李膺像

②李元礼：李膺（110—169），字元礼，颍川襄城（今属河南）人。因谋诛宦官，事泄，下狱死。

③司隶校尉：官名。督察三辅、三河、弘农七郡，治洛阳。

④先君仲尼：孔融是孔子二十世孙，故称。伯阳：老子，姓李名耳，字伯阳。师资之尊：孔子曾问礼于老子，故老子是孔子的老师。

⑤奕世：累世，一代接一代。

⑥太中大夫：官名。主管议论政事。陈韪（wěi）：曾任太中大夫。

⑦了了：聪明伶俐，明白事理。

⑧踧踖（cùjí）：局促不安的样子。

【点评】

孔融不过十岁的年龄就已经机敏过人，竟能从容登堂，对答间令满座为之称奇。有关“小时了了”的对答流传千古，传为美谈。“小时了了，大未必佳”的成语即出于此。

覆巢之下无完卵

孔融被收[①]，中外惶怖[②]。时融儿大者九岁，小者八岁，二儿故琢钉戏[③]，了无遽容[④]。融谓使者曰：“冀罪止于身[⑤]，二儿可得全不？”儿徐进曰：“大人岂见覆巢之下，复有完卵乎？”寻亦收至。

【注释】

①收：逮捕，拘禁。

②中外：指朝廷内外。

③琢钉戏：古时一种儿童游戏。

④了：完全。遽(jù)：惊慌。

⑤冀：希望。止：仅，只。

【点评】

孔融讥讽曹操戒酒，批评曹丕娶袁熙妻甄氏，并称父之于子为情欲所发，子之于母如寄物瓶中等等，得罪曹操，为其所杀。本文描写孔融被捕时二子从容不迫之状，足见其年纪虽小，已有乃父之气度和智慧。"覆巢之下，焉有完卵"的成语即出此。

刘皇叔北海救孔融

陈元方答客难

颍川太守髡陈仲弓[①]。客有问元方[②]："府君何如？"元方曰："高明之君也。""足下家君何如？"曰："忠臣孝子也。"客曰："《易》称：'二人同心，其利断金；同心之言，其臭如兰[③]。'何有高明之君，而刑忠臣孝子者乎？"元方曰："足下言何其谬也！故不相答。"客曰："足下但因伛为恭[④]，而不能答。"元方曰："昔高宗放孝子孝已[⑤]，尹吉甫放孝子伯奇[⑥]，董仲舒放孝子符起[⑦]。唯此三君，高明之君；唯此三子，忠臣孝子。"客惭而退。

【注释】

①髡(kūn)：古代一种剃去头发的刑罚。陈仲弓：陈寔。

②元方：陈寔之长子。

③臭(xiù)：香味。

④伛(yǔ)：驼背。

⑤高宗：商代国君武丁。孝已：高宗之子。

⑥尹吉甫：周宣王大臣。伯奇：尹吉甫之子。

董仲舒像

⑦董仲舒(前179—前104):西汉广川(今河北枣强东)人。景帝时为博士,武帝拜江都相、膠西王相,后免官家居。推尊儒术,抑黜百家。著有《春秋繁露》。符起:董仲舒子。

【点评】

传说高宗武丁为后妻所迷惑,放逐孝己致其死亡。而周宣王的大臣尹吉甫也被后妻所惑,把伯奇放逐出去;当尹吉甫随周宣王出游时,伯奇作歌,宣王听了受到感动,认为这是孝子的歌辞;尹吉甫把伯奇接回家中后就把后妻射杀了。符起的事迹则不详。陈纪以古之圣贤虽冤屈孝子,却仍不失为明君,孝子受诬仍为忠臣孝子来形容父亲之受刑,令发问者惭愧而退。可见他虽然年幼,却已是识见广博,三个典故信手拈来。

祢衡被谪为鼓吏

祢衡被魏武谪为鼓吏[①],正月半试鼓[②]。衡扬枹为《渔阳掺檛》[③],渊渊有金石声[④],四座为之改容。孔融曰:“祢衡罪同胥靡[⑤],不能发明王之梦。”魏武惭而赦之。

【注释】

①祢衡(173—198):字正平,东汉平原(今山东临邑东北)人。与孔融交好,被推荐给曹操,因得罪曹操,被送至刘表处,刘表又送至黄祖处,后为祖所杀。魏武:曹操(155—220)。曹丕称帝后,被追尊为太祖武帝,故称。

②正月半:正月十五日。

③枹(fú):鼓槌。《渔阳掺檛(cànzhuā)》:鼓曲名。

④渊渊:形容鼓声深沉的样子。

祢衡击鼓骂曹

⑤胥靡：服劳役的罪犯。

【点评】

孔融所说的胥靡，指殷高宗武丁的贤臣傅说。传说武丁梦到天赐自己贤人，派人寻访，在傅岩找到服劳役从事版筑的奴隶傅说，用为大臣，辅佐治理国家，殷朝由此得以中兴。孔融显然是在讥刺曹操不能像殷高宗那样的贤明君王一样有求贤之梦。曹操听后感到惭愧，便赦免了祢衡。

庞统遇司马徽采桑

南郡庞士元闻司马德操在颍川[①]，故二千里候之。至，遇德操采桑，士元从车中谓曰："吾闻丈夫处世，当带金佩紫[②]，焉有屈洪流之量[③]，而执丝妇之事？"德操曰："子且下车。子适知邪径之速，不虑失道之迷。昔伯成耦耕[④]，不慕诸侯之荣；原宪桑枢[⑤]，不易有官之宅。何有坐则华屋，行则肥马，侍女数十，然后为奇？此乃许、父所以忼慨[⑥]，夷、齐所以长叹[⑦]。虽有窃秦之爵[⑧]，千驷之富，不足贵也。"士元曰："仆生出边垂，寡见大义，若不一叩洪钟、伐雷鼓[⑨]，则不识其音响也！"

【注释】

①南郡：郡名，辖境在今湖北襄樊、荆门、洪湖等地，治所在今湖北江陵东北。庞士元：庞统（179—214），字士元，襄阳（今湖北襄樊）人。初与诸葛亮齐名，号凤雏。刘备的谋士，与诸葛亮同任军师中郎将，建安十九年（214）中流矢而死。司马德操：司马徽

庞统像

(？—208)，字德操，东汉末颍川阳翟（今河南禹县）人。善于知人，被称为“水镜”。

②带金佩紫：佩带金印紫绶带，汉时只有相国、列侯等才能带金佩紫。

③洪流之量：比喻才能、气度之大如同浩大的水流。

④伯成：复姓伯成，名子高，尧时立为诸侯。夏禹为天子时，他认为德衰而刑立，不如尧舜，便辞去诸侯回去耕田。耦（ǒu）耕：古代的耕地方式，两人各拿一耜（sì，古代农具名）并肩而耕。

⑤原宪：春秋时鲁国人，一说宋人。字子思，孔子学生。孔子死后隐居，蓬户褐衣蔬食，不改其乐。桑枢：用桑条编成的门，比喻居处简陋。

⑥许、父：许由、巢父，上古高士。巢父为尧时隐士，在树上筑巢而居，人称巢父。尧想把天下让给他，不受。

⑦夷、齐：伯夷、叔齐，他们是商孤竹君的两个儿子。孤竹君遗命立叔齐为继承人，父死后，叔齐让位给伯夷，伯夷不受，两人先后逃到周。武王伐纣，两人叩马而谏。武王灭商后，他们耻食周粟，饿死首阳山。

佩绶带的官吏

⑧窃秦之爵：指吕不韦以计谋窃取秦国的爵位。

⑨伐：敲打。雷鼓：古乐器名，祀天神时用。

【点评】

庞统认为大丈夫应当带金佩紫做大官，司马徽则以子高、子思、许由、巢父、伯夷、叔齐等为典范，并以吕不韦为戒，寓有深意。吕不韦在赵都遇到作为人质的秦公子子楚，认为“奇货可居”，便设计使其为秦王的继承人，子楚继位为后（即庄襄王），以吕不韦为相，封文信侯，秦始皇继位后又被尊为仲父。可谓盛极一时，但最终仍被罢黜，忧惧自杀。一席话让庞统茅塞顿开，因此自叹“寡见大义”。

新亭对泣

过江诸人[①]，每至美日，辄相邀新亭[②]，藉卉饮宴[③]。周侯中坐而叹曰[④]：“风景不殊，正自有山河之异！”皆相视流泪。唯王丞相愀然变色曰[⑤]：“当共勠力王室[⑥]，克复神州，何至作楚囚相对[⑦]！”

【注释】

①过江诸人：指从北方南渡到建康来的诸位人士。

②新亭：三国时吴建，故址在今江苏南京南，东晋时为朝士游宴之所。

③藉(jiè)卉：坐卧于草地之上。藉，坐卧其上。卉，草。

④周侯：周顗，袭父爵武城侯，故称周侯。

⑤王丞相：王导。愀(qiǎo)然：脸变色的样子。

⑥勠(lù)力：协力。

⑦楚囚：原指被俘的楚人。《左传》(成公九年)载楚国伶人钟仪为晋所囚，仍奏楚声，不忘南音。后用以形容处境窘迫之人。

【点评】

东晋初渡江诸名士宴饮新亭，面对同样的风景，感念中原的沦丧，相对叹息流泪。新亭对泣或新亭泪的典故即出此，用以表示忧时之叹、家国之思。

王羲之、谢安论清谈

王右军与谢太傅共登冶城[①]，谢悠然远想，有高世之志。王谓谢曰:"夏禹勤王,手足胼胝[②];文王旰食[③],日不暇给[④]。今四郊多垒[⑤],宜人人自效;而虚谈废务,浮文妨要,恐非当今所宜。"谢答曰:"秦任商鞅,二世而亡,岂清言致患邪?"

王羲之出行图

【注释】

①王右军:王羲之。谢太傅:谢安(320—385),字安石,少有重名,年四十馀方出仕,孝武帝时官至宰相。前秦苻坚南下攻晋时,谢安为征讨大都督,指挥谢石、谢玄等大破苻坚于淝水,以功拜太保。死后追赠太傅,故称。冶城:故址在今江苏南京朝天宫一带,相传春秋时夫差于此冶铸,故名。

②胼胝(piánzhī):手上脚上因劳动而磨出的硬皮。

③旰(gàn)食:天黑了才吃饭。

④日不暇给:形容事多时间不够用。

⑤四郊多垒:指战事频繁。

【点评】

谢安好清谈玄学,虽为朝廷大臣亦乐此不疲。王羲之亦为名士风流,却有务实之心。当二人登上冶城,谢安沉湎于庄老出世的境界,发思古之想时,王羲之便以夏禹、文王为榜样,提出清谈、浮华之风于平乱治国有害无益之说,谢安却不以为然,以秦用商鞅二世而亡为例,认为清谈不会误国。

谢道韫咏雪

谢太傅寒雪日内集[①],与儿女讲论文义,俄而雪骤,公欣然曰:"白雪纷纷何所似?"兄子胡儿曰[②]:"撒盐空中差可拟。"兄女曰:"未若柳絮因风起。"公大笑乐。即公大兄无奕女[③],左将军王凝之妻也[④]。

谢庭咏絮图

【注释】

①内集：家庭内的集会。

②胡儿：谢朗，谢安次兄谢据的长子，官至东阳太守。

③大兄无奕女：谢安长兄无奕之女谢道韫。王羲之次子王凝之妻。聪慧有才辩，善清谈，时人称其颇有“竹林七贤”的名士风度。

④王凝之：字叔平，历仕江州刺史、左将军、会稽内史，工草隶。

【点评】

谢朗之咏雪句着重喻雪之白与细，虽有“撒盐空中”的动作，却是境界狭小，诗意不浓。而谢道韫之句则诗意盎然，紧扣“雪骤”的情景，形容大雪如柳絮随风起舞，漫天飘扬，迷离轻灵；且由“柳絮”而带来春的消息，故此句堪称咏雪一绝。

支公好鹤

支公好鹤[①]，住剡东岇山[②]。有人遗其双鹤，少时翅长欲飞，支意惜之，乃铩其翮[③]。鹤轩翥不复能飞[④]，乃反顾翅垂头，视之如有懊丧意。林曰：“既有陵霄之姿，何肯为人作耳目近玩[⑤]！”养令翮成，置使飞去。

【注释】

①支公：支遁(314—366)，字道林，世称“支公”、“林公”。本姓关，

陈留(今河南开封南)人。家世事佛,二十五岁出家。以好谈玄理闻名于世。

②剡(shàn):县名,在今浙江嵊(shèng)县。岇(àng)山:在今浙江嵊县东。

③铩(shā):摧残,伤残。翮(hé):鸟羽的茎状部分。

④轩翥(xuānzhù):飞举的样子。

⑤近玩:亲近的玩物、宠物。

虎溪三笑图

【点评】

支道林因爱鹤而残其翅,又于心不忍,于是养好其翅放归自然。伤翅之举与佛法相违,这对于一位高僧来说是不可思议之事,故不可信,恐为误传所致。从养鹤到放归,说明支道林也从中悟到了自然之理。

政事第三

老子骑牛图

王承体恤民情

王安期为东海郡[①]。小吏盗池中鱼，纲纪推之[②]。王曰："文王之囿，与众共之。池鱼复何足惜！"

【注释】

①王安期：王承(275－320)，字安期，太原晋阳(今山西太原)人，王述之父。

②纲纪：即主簿。推：推究，查究。

【点评】

"文王之囿，与众共之"的典故出自《孟子·梁惠王下》，孟子在回答齐宣王有关文王之囿的问题时，阐述了侯王之囿不在大小，应与民同享的道理。王承为政体恤民情，深知乱世之中百姓生活之艰辛，所以宽大为怀，对偷盗池鱼的行为也就不加追究了。

任让戮侍中钟雅

成帝在石头[①]，任让在帝前戮侍中钟雅、右卫将军刘超[②]。帝泣曰："还我侍中。"让不奉诏，遂斩超、雅。事平之后，陶公与让有旧[③]，欲宥之。许柳儿思妣者至佳[④]，诸公欲全之。若全思妣，则不得不为陶全让，于是欲并宥之。事奏，帝曰："让是杀我侍中者，不可宥！"诸公以少主不可违，并斩二人。

【注释】

①成帝：司马衍(321—342)字世根，公元325—342在位。

②任让：乐安(今山东博兴)人。为苏峻参军、司马，后随苏峻作乱。苏峻死后，又拥戴峻弟苏逸，事败被诛。钟雅：字彦胄，长社(今河南长葛东)人。官至侍中。刘超：字世逾，琅邪(今属山东)人。官义兴太守、右卫将军。

③陶公：陶侃(259—334)，字士行，庐江寻阳(今江西九江)人。早

年孤贫，为县吏，以军功历任荆州刺史、广州刺史。苏峻叛乱，被推为盟主，后封长沙郡公，都督八州军事。

④许柳：字季祖，率军随苏峻作乱。思妣(bǐ)：许永，字思妣，许柳之子。

【点评】

苏峻作乱后劫持了成帝，任让在成帝面前准备杀护卫在其左右的钟雅和刘超，虽然年幼的成帝哭喊："还我侍中！"但任让还是毫无顾忌地杀了他们。所以苏峻之乱平定后，朝臣虽想保全任让等人，但成帝还是坚持不肯赦免。

王导弹指

王丞相拜扬州①，宾客数百人并加沾接②，人人有说色③。唯有临海一客姓任及数胡人为未洽④。公因便还到过任边，云："君出，临海便无复人。"任大喜说。因过胡人前，弹指云⑤："兰阇⑥！兰阇！"群胡同笑，四坐并欢。

晋宴乐漆盘

【注释】

①拜扬州：被任命为扬州刺史。

②沾接：指受到亲切款待。

③说：同"悦"。

④临海：郡名，治所在今浙江临海。胡人：指印度来的僧人。

⑤弹(tán)指：佛家常用弹指的动作，表示欢喜或许诺。

⑥兰阇(shé)：古代印度赞誉别人的话。

【点评】

王导在款待宾客时善于周旋，而且有不使一人向隅的风度。当宾客中有人露出不悦之色时，能及时地加以赞美。对胡僧，王导不仅用梵语誉之，且辅以"弹指"的动作，让对方顿生亲切之感，博得满座欢笑。

何充勤政

王、刘与林公共看何骠骑[①]，骠骑看文书，不顾之。王谓何曰："我今故与林公来相看，望卿摆拨常务[②]，应对玄言，那得方低头看此邪？"何曰："我不看此，卿等何以得存？"诸人以为佳。

【注释】

①王：王濛(309—347)，字仲祖，小字阿奴，晋太原晋阳(今山西太原西南)人。晋哀帝靖皇后之父。刘：刘惔。林：支道林。何骠骑：何充，字道次，庐江灊(qián，今安徽霍山东北)人。曾任骠骑将军、吏部尚书等。

②摆拨：摆脱，搁置。

【点评】

王濛、刘惔和支道林都是通达的名流，没有因为何充忙于公务而耿耿于怀，反而对何充的务实表示赞赏。魏晋名士们大多都具有这种豁达的气度。

桓温耻用威刑

桓公在荆州[①]，全欲以德被江、汉[②]，耻以威刑肃物[③]，令史受杖[④]，正从朱衣上过。桓式年少[⑤]，从外来，云："向从阁下过，见令史受杖，上捎云根[⑥]，下拂地足[⑦]。"意讥不著[⑧]。桓公云："我犹患其重。"

【注释】

①桓公：桓温。

②全：一心，全力。被：覆盖，遍及。

③肃物：惩治人。

④令史：低级官吏。

⑤桓式：桓歆，字叔道，桓温第三子，官至尚书。

⑥云根：喻高。

⑦地足：地面，喻低。

⑧不著(zháo):指没打着。

【点评】

桓温任荆州刺史时以德治为尚,认为用威力刑法惩治人是可耻的。官吏受到杖刑的处罚时,棍杖也只是从红衣上轻轻地一带而过。即便如此,桓温还怕打得太重了。德治的思想在古代是一直得到提倡的,但落实到具体的作为上,桓温可说是比较突出的。

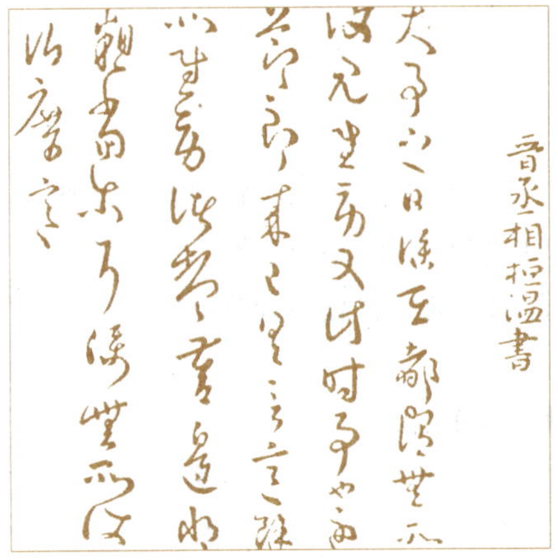

桓温《大事帖》

谢安宽赦逃亡

谢公时[①],兵厮逋亡[②],多近窜南塘下诸舫中[③]。或欲求一时搜索,谢公不许,云:“若不容置此辈,何以为京都?”

谢安像

【注释】

①谢公:即谢安。

②兵厮:士兵和仆役。

③窜:藏匿。南塘:指秦淮河之南塘岸。

【点评】

东晋时,从北方逃到南方的难民非常之多,很多人没有登记在册,为豪族所藏匿,成为他们的私产。所以有人向谢安建议把他们搜出来,但遭到谢安的拒绝。他沿用王导无为而治的方法,予以包容,这对平衡朝廷与南方世家大族之间的关系不无好处。

文学第四

孔子圣迹图

马融追杀郑玄

郑玄在马融门下[①]，三年不得相见，高足弟子传授而已。尝算浑天不合[②]，诸弟子莫能解。或言玄能者，融召令算，一转便决[③]，众咸骇服。及玄业成辞归，既而融有“礼乐皆东”之叹，恐玄擅名而心忌焉。玄亦疑有追，乃坐桥下，在水上据屐。融果转式逐之，告左右曰：“玄在土下水上而据木，此必死矣。”遂罢追。玄竟以得免。

郑玄像

【注释】

①郑玄（127—200）：字康成，东汉北海高密（今属山东）人。曾从马融习古文经。游学归里后，聚徒讲学，有弟子数百千人。因党锢事被禁，潜心著述，遍注群经，形成郑学。马融（79—166）：字季长，右扶风茂陵（今陕西兴平东北）人。东汉古文经学家。曾任校书郎、议郎、南郡太守等职。遍注群经，使古文经学达到成熟的境地。

②浑天：古代一种解释宇宙的学说，认为天地的关系好像鸟卵壳包着卵黄、天的形体浑圆如弹丸，天和日月星辰每天绕南北极不停地旋转。

③转：指转动推算用的栻（一种古代占卜用具，形状似罗盘，上圆下方，可以转动）。

居延旧简·册书

【点评】

郑玄在马融门下学习三年不得见老师，马融只让高足弟子教他，郑玄学成而归时，马融慨叹礼乐东去，可见郑玄天资之高。然而，所谓马融怕郑玄今后名望超过自己，心生妒忌，进而加以追杀之事，应系里巷之传言而已，非儒者之为。

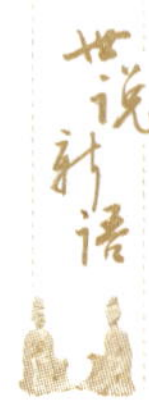

服虔匿名为佣工

服虔既善《春秋》[1]，将为注，欲参考同异。闻崔烈集门生讲传[2]，遂匿姓名，为烈门人赁作食[3]。每当至讲时，辄窃听户壁间。既知不能逾己，稍共诸生叙其短长。烈闻，不测何人。然素闻虔名，意疑之。明蚤往，及未寤[4]，便呼："子慎！子慎！"虔不觉惊应，遂相与友善。

【注释】

①服虔：字子慎，河南荥阳（今属河南）人。举孝廉，东汉灵帝末任九江太守。古文经学家，撰有《春秋左氏传解谊》。《春秋》：指《左传》。

②崔烈：字威考，东汉涿郡（今属河北）人。历仕郡守、九卿、司徒、太尉，封阳平亭侯。

③赁（lìn）：佣工。

④寤（wù）：睡醒。

【点评】

服虔为了注《左传》，隐姓埋名，给崔烈门人做佣工，借以偷听崔烈的讲授，并因而与之成为至友。这种执着为学的精神足为后学之表率。

卫玠年少好学

卫玠总角时[1]，问乐令梦[2]，乐云："是想。"卫曰："形神所不接而梦，岂是想邪？"乐云："因也[3]。未尝梦乘车入鼠穴，捣齑啖铁杵[4]，皆无想无因故也。"卫思因经日不得，遂成病。乐闻，故命驾为剖析之，卫即小差[5]。乐叹曰："此儿胸中当必无膏肓之疾[6]。"

【注释】

①卫玠（286—312）：字叔宝，河东安邑（今山西夏县西北）人。官至太子洗马。总角：古代未成年的人把头发扎成髻，借指童年。

②乐令：乐广。

③因：原因。

④捣齑(jī)：指捣碎姜、蒜、菜等辛辣之物。

⑤差：同“瘥”(chài)，病愈。

⑥膏肓(huāng)之疾：难以治愈之病。这里借指难以解释的疑问。

【点评】

卫玠小小年纪即好学深思，为了解释成梦的原因，请乐广释疑。他听过后还是继续探究，以致病倒。乐广为他进一步剖析，他的病才稍好。据载，因其擅长清谈，故当时人皆欲闻其一言而后快，结果累坏了身体，死时年仅二十七岁。

殷浩、王导清言至夜

殷中军为庾公长史[①]，下都，王丞相为之集，桓公、王长史、王蓝田、谢镇西并在[②]。丞相自起解帐带麈尾，语殷曰：“身今日当与君共谈析理[③]。”既共清言，遂达三更。丞相与殷共相往反，其馀诸贤略无所关[④]。既彼我相尽，丞相乃叹曰：“向来语乃竟未知理源所归。至于辞喻不相负，正始之音[⑤]，正当尔耳。”明旦，桓宣武语人曰：“昨夜听殷、王清言，甚佳，仁祖亦不寂寞，我亦时复造心[⑥]；顾看两王掾[⑦]，辄翣如生母狗馨[⑧]。”

【注释】

①殷中军：殷浩(？—356)，字渊源，陈郡长平(今河南西华东北)人。善玄言，好《老》、《易》。任扬州刺史，都督扬、豫、徐、兖、青五州军事，曾统军北伐，为前秦所败。后为桓温弹劾，废为庶人。庾公：庾亮。

魏晋文人俑

②桓公：桓温。王长史：王濛。王蓝田：王述，字怀祖，太原晋阳（今山西太原）人。官扬州刺史、尚书令。袭爵蓝田侯，故称。谢镇西：谢尚（308—357），字仁祖，谢鲲之子，陈郡阳夏（今河南太康）人。历任历阳太守、中郎将、尚书仆射、豫州刺史，进号镇守将军。

③身：晋人常用的第一人称。

④略无所关：毫无关联，指不参与辩难。

⑤正始之音：指正始年间王弼、何晏所开谈玄风气。

⑥造心：指心有所悟。造，至，到达。

⑦两王掾（yuàn）：指王濛、王述。

⑧婆（shà）、馨（xīn）：当时口语，语助词，与“样”、“般”同。

【点评】

王导与殷浩两个人反复辩难，其余几位名士竟然毫无插嘴的余地。王导名重一时，殷浩却也不甘示弱，两人不计较官位身份的高低，只求探寻玄理之本源，以致长谈至半夜，旁听的几位名士也是如痴如醉。这次清谈可以说达到了很高的境界，难怪王导慨叹正始之音也不过如此。

三贤论南北之学

褚季野语孙安国云[①]：“北人学问，渊综广博[②]。”孙答曰：“南人学问，清通简要。”支道林闻之，曰：“圣贤固所忘言，自中人以还，北人看书如显处视月，南人学问如牖中窥日。”

【注释】

①褚（chǔ）季野：褚裒（póu，303—349），字季野，阳翟（今河南禹县）人。女为康帝皇后，官征北大将军，镇京口（今江苏镇江）。永和五年（349）进军驻彭城（今江苏徐州），兵败于代陂，引咎自贬，惭恨而死。孙安国：孙盛（约306—378），字安国，太原中都（今山西平遥西南）人。历任佐著作郎、长沙太守、秘书监、加给事中。善言名理，与殷浩齐名。著有《魏氏春秋》、《晋阳秋》。

②渊综：渊博而能综合。

【点评】

褚裒和孙盛对北人、南人的为学特点作了言简意赅的概括，即北人渊博，南人专精，各有特点。支道林则以形象的比喻形容其特点与缺点。“显处视月”的优点是学识广，但月有圆缺，而且月色暗淡，所以缺点是“难周”、“识暗”；“牖中窥日”，则视野不广。总之，他们均以为北人为学博而不精，南人为学精而不博。

谢尚汗颜

谢镇西少时，闻殷浩能清言，故往造之。殷未过有所通[①]，为谢标榜诸义[②]，作数百语，既有佳致[③]，兼辞条丰蔚[④]，甚足以动心骇听。谢注神倾意，不觉流汗交面。殷徐语左右：“取手巾与谢郎拭面。”

【注释】

①过：过多。通：阐发。

②标榜：揭示。

③佳致：美好的情趣。

④辞条丰蔚：指言词通达，文采华美。

【点评】

谢尚造访殷浩，聆听其清言，听了数百言后，已是“流汗交面”。殷浩虽只比谢尚年长三岁，却已是名流，清谈之妙达到了出神入化之境，不但言词通达，文采华美，而且能动人心神，所以谢尚既受感动，又自感惭愧，二者交织，不觉汗流满面。

木谒（进见时用的名帖）

孙盛、殷浩清谈忘食

孙安国往殷中军许共论，往反精苦[①]，客主无间。左右进食，冷而复暖者数四。彼我奋掷麈尾，悉脱落满餐饭中，宾主遂至莫忘食[②]。殷乃语孙曰：“卿莫作强口马[③]，我当穿卿鼻！”孙曰：“卿不见决鼻牛[④]，人当穿卿颊！”

【注释】

①精苦：指用尽心思。

②莫：即“暮”，傍晚。

③强(jiàng)口马：指嘴上不肯套上嚼子的倔马。

④决鼻牛：指挣断鼻缰绳的犟牛。

【点评】

孙盛和殷浩清谈终日，无暇饮食，左右侍从送上饭菜，冷了再热，热了再冷反复多次，激动时互相挥舞麈尾，连麈尾上的毛都掉落到了饭菜中。最后仍然争执不下，两人只能以戏谑之语收场。

王羲之与支道林结交

王逸少作会稽[①]，初至，支道林在焉。孙兴公谓王曰[②]：“支道林拔新领异[③]，胸怀所及乃自佳，卿欲见不[④]？”王本自有一往隽气[⑤]，殊自轻之[⑥]。后孙与支共载往王许[⑦]，王都领域[⑧]，不与交言。须臾支退。后正值王当行，车已在门，支语王曰：“君未可去，贫道与君小语。”因论《庄子・逍遥游》。支作数千言，才藻新奇，花烂映发。王遂披襟解带[⑨]，留连不能已。

【注释】

①王逸少：王羲之。

②孙兴公：孙绰(314—371)，字兴公，太原中都(今山西平遥西南)人。历官永嘉太守、散骑常侍、廷尉、领著作。少爱隐居，喜游山林。博学善属文，著有《遂初赋》、《天台赋》等。

③拔新领异：标新立异。

④不：同“否”。

⑤一往：满腹。隽气：指超脱、不同凡响之气概。

⑥殊自：很。
⑦许：住处。
⑧都：总。领域：指自设领域，拒人于外。
⑨披襟解带：敞开衣襟，解开衣带，指忘记了出行。

【点评】

王羲之自视甚高，所以和支道林见面时总是和他保持着距离。支道林则是一个比较善于交际的人，他主动打破僵局，找王羲之谈论老庄学说。洋洋数千言后，王羲之已经知道支道林是个高士了，于是连准备出门的事都忘了，对他依依不舍。

许询难王脩

许掾年少时[①]，人以比王苟子[②]，许大不平。时诸人士及支法师并在会稽西寺讲[③]，王亦在焉。许意甚忿，便往西寺与王论理，共决优劣，苦相折挫[④]，王遂大屈。许复执王理，王执许理，更相覆疏[⑤]，王复屈。许谓支法师曰："弟子向语何似？"支从容曰："君语佳则佳矣，何至相苦邪？岂是求理中之谈哉[⑥]？"

【注释】

①许掾：许询。
②王苟子：王脩，字敬仁，小字苟子，太原晋阳（今属山西）人，王濛之子，善隶书。早卒，年仅二十四岁。
③支法师：支道林。西寺：光相寺，在会稽（今浙江绍兴）城西。讲：讲论，指清谈。
④苦相折挫：竭力驳难对方。
⑤覆疏：指反复辩论。
⑥理中：得理之中，指玄谈之理不偏不倚，恰到好处。

【点评】

许询年少气盛，觉得人们把他比作王脩是小看了他，所以非要找王脩辩论以分胜负。王脩输了一次他还不罢手，还要互换角色，苦苦相逼，并向在座的支道林炫耀。支道林毕竟是出家人，所以婉转地指出其得理不饶人的做法，有失君子风度。

支道林诣谢公

林道人诣谢公[1]，东阳时始总角[2]，新病起，体未堪劳，与林公讲论，遂至相苦。母王夫人在壁后听之，再遣信令还，而太傅留之[3]。王夫人因自出，云："新妇少遭家难[4]，一生所寄，唯在此儿。"因流涕抱儿以归。谢公语同坐曰："家嫂辞情慷慨，致可传述[5]，恨不使朝士见！"

【注释】

①林道人：支道林。谢公：谢安。

②东阳：谢朗，官至东阳太守，故称。

③太傅：指谢安。

④家难：指其丈夫谢据早亡。

⑤致：通"至"，极，最。

魏晋墓壁画中的拜谒图

【点评】

谢朗小小年纪即善言玄理，能与支道林辩难，相互抗衡，可谓少年才俊。其母王夫人关爱体恤儿子的拳拳之心亦跃然纸上，令谢安感佩，欲朝士见之并为之传述。

于法开与支公争名

于法开始与支公争名[1]，后情渐归支[2]，意甚不分[3]，遂遁迹剡下[4]。遣弟子出都[5]，语使过会稽。于时支公正讲小品。开戒弟子："道林讲，比汝至，当在某品中[6]。"因示语攻难数十番[7]，云："旧此中不可复通。"弟子如言诣支公。正值讲，因谨述开意，往反多时，林公遂屈，厉声曰："君何足复受人寄载来[8]！"

【注释】

①于法开：东晋高僧，才辩纵横，擅长讲《放光经》、《法华经》，妙通医法。

②情：指人心。支：支遁。

③分（fèn）：不平，不服气。

④剡（shàn）下：今浙江嵊县。

⑤出都：往京都。

⑥品：佛家经论之篇章。

⑦攻难：驳斥非难。

⑧寄载：指受人委托。

【点评】

于法开和支遁都是当时的高僧，但于法开的名声不及支遁。为了赌这口气，于法开隐居剡县，深入经藏，力求在与支遁的论辩中占上风。经过精心准备，他让弟子去和支遁辩论并预先设计好论辩的内容与步骤，终于驳倒了支遁。这也是支遁难得的一次败阵。

康僧渊初过江

康僧渊初过江[1]，未有知者，恒周旋市肆，乞索以自营。忽往殷渊源许[2]，值盛有宾客，殷使坐，粗与寒温[3]，遂及义理[4]，语言辞旨[5]，曾无愧色，领略粗举[6]，一往参诣[7]，由是知之。

【注释】

①康僧渊：东晋名僧，本为西域人，生于长安，晋成帝时过江，在豫章山立寺讲经，听者云集。

②殷渊源：殷浩。许：处所。

③寒温：寒暄，见面时谈天气冷暖之类的应酬话。

④义理：指玄学名理。

⑤辞旨：言谈之意趣。

⑥领略：领会，理会。粗举：粗略阐释。

⑦一往参诣：指直接进入到玄理的至高境界。参，探究并领会。诣，学术所达到的境界。

【点评】

康僧渊刚刚过江时，没有什么人知道他，常常出入集市，靠乞讨营生。一天他突然跑到殷浩家里去，正值殷家宾客盈门，稍稍寒暄后，他就开始大谈义理，由此引起了人们对他的重视。魏晋时期，进入名士们的社交圈，参与到名士们的清谈之中，是最容易出名的方法。

张凭清谈惊四坐

张凭举孝廉[①]，出都，负其才气，谓必参时彦[②]。欲诣刘尹[③]，乡里及同举者共笑之。张遂诣刘，刘洗濯料事，处之下坐，唯通寒暑，神意不接。张欲自发无端[④]。顷之，长史诸贤来清言[⑤]，客主有不通处，张乃遥于末坐判之，言约旨远，足畅彼我之怀，一坐皆惊。真长延之上坐，清言弥日，因留宿至晓。张退，刘曰："卿且去，正当取卿共诣抚军[⑥]。"张还船，同侣问何处宿，张笑而不答。须臾，真长遣传教觅张孝廉船[⑦]，同侣惋愕。即同载诣抚军，至门，刘前进谓抚军曰："下官今日为公得一太常博士妙选。"既前，抚军与之话言，咨嗟称善，曰："张凭勃窣为理窟[⑧]。"即用为太常博士。

魏晋南北朝壁画中士人清谈场面

【注释】

①张凭：字长宗，吴郡(今江苏苏州)人。历官太常博士、吏部郎、御史中丞。孝廉：汉代以后选拔官吏的一种科目，州郡每年可荐举孝顺父母和清廉者各一名，经考核后授以一定的官职。

②参：参与，加入。时彦：当时有才学之士。

③刘尹：刘惔，官丹阳尹，故称。

④自发：自己引发话题。端：头绪。

⑤长史：指王濛。

⑥抚军：指简文帝，曾任抚军大将军。

⑦传教：郡吏，传达教令者。

⑧勃窣(sū)：形容才华由内而外迸发而出。理窟：富于义理，集于一身之意。

【点评】

刘惔一开始并没有把张凭放在眼里，张凭的一席清谈使得刘惔对其刮目相看，并成为座上宾，得到了时彦的赞赏，还受到时任抚军的简文帝的器重，立即委以太常博士之职。可知魏晋时期选拔官员不拘一格，还是比较注重唯才是举的。

谢安一往奔诣

支道林、许、谢盛德[①]，共集王家[②]，谢顾谓诸人："今日可谓彦会[③]。时既不可留，此集固亦难常，当共言咏，以写其怀。"许便问主人："有《庄子》不？"正得《渔父》一篇。谢看题，便各使四坐通[④]。支道林先通，作七百许语，叙致精丽，才藻奇拔，众咸称善。于是四坐各言怀毕，谢问曰："卿等尽不？"皆曰："今日之言，少不自竭。"谢后粗难[⑤]，因自叙其意，作万馀语，才峰秀逸，既自难干[⑥]，加意气拟托[⑦]，萧然自得，四坐莫不厌心[⑧]。支谓谢曰："君一往奔诣[⑨]，故复自佳耳。"

【注释】

①许：许询。谢：谢安。盛德：美德。

②王家：王濛家。

③彦会：贤士聚会。彦，对士的美称。

④通：解释，阐述。

⑤粗难(nàn)：粗略地加以驳难。

⑥干：干犯，冒犯，指反驳。

⑦拟托：比拟寄托。

⑧厌心：心满意足。厌，满足。

⑨一往奔诣：指直接阐明要领，达到很高境界。

【点评】

支遁、王濛、许询等都是一时名流，清谈高手，鲜有人能与之抗衡，但在谢安面前，却都不免逊色。支、王等都对《渔父》一篇提出自己的见解，支遁更得众人称赏，而最后说话的谢安却与众不同，不仅对上述诸人所说的提出驳难，且阐述个人独到之见。不但语言秀逸，令人难以企及，而且风度潇洒自得，使诸人获得精神上的满足。

刘惔辞伏孙盛

殷中军、孙安国、王、谢能言诸贤[①]，悉在会稽王许[②]，殷与孙共论《易象妙于见形》[③]，孙语道合，意气干云，一坐咸不安孙理[④]，而辞不能屈。会稽王慨然叹曰："使真长来，故应有以制彼。"即迎真长[⑤]，孙意已不如。真长既至，先令孙自叙本理，孙粗说己语，亦觉殊不及向。刘便作二百许语，辞难简切[⑥]，孙理遂屈。一坐同时拊掌而笑[⑦]，称美良久。

【注释】

①王：王濛。谢：谢尚。

②会稽王：简文帝曾封会稽王，故称。

③《易象妙于见形》：孙盛作，今佚。

④安：满意。

⑤真长：刘惔。

⑥辞难：言辞驳难。

⑦拊掌：拍掌。

【点评】

孙盛自感不如刘惔，以致再次申述原来的义理时，就有了心虚理短的感觉，所以只辩论了一个回合，便理屈词穷了。魏晋名士在清谈时互相辩难虽甚激烈，但不会强词夺理，理屈之时能勇于服输，不失风度。

曹植七步诗

文帝尝令东阿王七步中作诗[①]，不成者行大法[②]。应声便为诗曰："煮豆持作羹，漉菽以为汁[3]。萁在釜下然[4]，豆在釜中泣；本自同根生，相煎何太急！"帝深有惭色。

兄逼弟曹植赋诗

【注释】

①文帝：魏文帝曹丕。东阿王：曹植（192—232），曾封为东阿王，故称。字子建，沛国谯县（今安徽亳州）。富于才学，因备受猜忌，郁郁而死。又封陈王，谥号思，世称陈思王。善辞赋，后人辑有《曹子建集》。

②大法：指死刑。

③漉（lù）：水慢慢渗下。菽（shū）：豆类。

④萁（qí）：豆茎。

【点评】

曹丕和曹植兄弟二人在文学上都很有成就。曹丕的《燕歌行》是我国文学史上现存最早的一首七言诗，《典论·论文》则是我国现存最早的文学批评专论。曹植五言诗的艺术成就更得到人们的高度赞扬。谢灵运赞美曹植的天才卓越为"天下才共有一石，曹子建独得八斗"。这首七步诗流传千古，妇孺皆知。

西晋青瓷兽形尊

神笔阮籍

魏朝封晋文王为公[1]，备礼九锡[2]，文王固让不受。公卿将校当诣府敦喻[3]，司空郑冲驰遣信就阮籍求文。籍时在袁孝尼家[4]，宿醉扶起，书札为之，无所点定，乃写付使。时人以为神笔。

【注释】

①晋文王：司马昭。为公：封为晋公。

②九锡：古代帝王尊礼大臣所给的九种器物，分别为车马、衣服、乐器、朱户、纳陛、虎贲、弓矢、铁钺、秬鬯（chàng，祭神用的酒）。

③敦喻：督促开导。

④袁孝尼：袁准，陈郡阳夏（今河南太康）人。官至给事中。

【点评】

汉末曹操掌朝政，汉献帝赐曹操九锡。后历代篡位者相袭沿用，成为建立新朝的前奏曲。魏朝封司马昭为晋公，并准备颁赐给他九锡之礼。司马昭则欲擒故纵坚辞不受，司空郑冲率群官劝进，还特地请阮籍写一篇劝进文。阮籍因连夜酣饮，馀醉未消，被人扶起，结果提笔就写，一字不易。这虽是一篇应景之作，但其才思之敏捷，也是令人叹服的。

左思作《三都赋》

左太冲作《三都赋》初成[①]，时人互有讥訾[②]，思意不惬[③]。后示张公[④]，张曰："此《二京》可三[⑤]，然君文未重于世，宜以经高名之士。"思乃询求于皇甫谧[⑥]，谧见之嗟叹，遂为作叙。于是先相非贰者，莫不敛衽赞述焉[⑦]。

皇甫谧像

【注释】

①左太冲：左思（约250—约305），字太冲，齐临淄（今山东淄博）人。其貌不扬，且又口吃，但为文辞藻壮丽。

②讥訾（zǐ）：讥刺诋毁。

③不惬（qiè）：不愉快。

④张公：张华（232—300），字茂先，范阳方城（今河北固安南）人。晋初任中书令，散骑常侍。惠帝时历任侍中、中书监、司空，后为赵王伦和孙

秀所杀。以博洽著称，著有《张司空集》、《博物志》。

⑤《二京》：指班固的《两都赋》和张衡的《二京赋》。班、张二赋都是描写西汉都城长安和东汉都城洛阳的。

⑥皇甫谧（mì，215—282）：幼名静，字士安，号玄晏先生，安定朝那（今宁夏固原东南）人。晋武帝屡下诏征，均称病不就。中年患风痹，乃钻研医学，著有《甲乙经》。

⑦敛衽（rèn）：整整衣襟，表示恭敬。

【点评】

《三都赋》分《蜀都赋》、《吴都赋》、《魏都赋》三篇，分别描写蜀都成都、吴都建业、魏都邺城的山川、风俗、物产等，是左思以十年之功创作的，可谓殚精竭虑。但是因左思在当时名望不高，所以《三都赋》问世后遭到了不公正的对待，左思只能接受张华的提议，请名士皇甫谧作序，这才受到大家的重视，人们纷纷传抄，甚至洛阳为之纸贵。

乐广假文潘岳

乐令善于清言，而不长于手笔[①]。将让河南尹[②]，请潘岳为表[③]。潘云："可作耳，要当得君意。"乐为述已所以为让，标位二百许语[④]，潘直取错综[⑤]，便成名笔[⑥]。时人咸云："若乐不假潘之文，潘不取乐之旨，则无以成斯矣。"

【注释】

①手笔：指写文章。

②让：指辞去官职。

③潘岳（247—300）：字安仁，荥阳中牟（今属河南）人。历任河南令、著作郎、给事黄门侍郎等职。谄事权贵贾谧，后为赵王司马伦及孙秀所杀。

④标位：指阐释。

⑤直：特，只。

⑥名笔：名作，佳作。

【点评】

潘岳善属文，长于诗赋，与陆机齐名。只是人品不佳，趋炎附势，成为贾谧“二十四友”之首。由于文名之盛，他常为人捉刀。他根据乐广之意代撰辞官表文，就成为一代名篇，可知其文才之富赡。

庾阐屋下架屋

庾仲初作《扬都赋》成[①]，以呈庾亮，亮以亲族之怀[②]，大为其名价，云可三《二京》、四《三都》。于此人人竞写，都下纸为之贵。谢太傅云[③]：“不得尔[④]，此是屋下架屋耳[⑤]，事事拟学，而不免俭狭[⑥]。”

【注释】

①庾仲初：庾阐。

②怀：情怀。

③谢太傅：谢安。

④尔：如此。

⑤屋下架屋：比喻不仅重复，而且无法超越。

⑥俭狭：指内容贫乏狭窄。俭，贫乏。

【点评】

《扬都赋》是庾阐模仿班固、张衡、左思诸赋所作，描写扬州治所建康(今南京)的山川风貌、都市繁华等景象。庾亮出于亲族之谊大加赞赏，誉之为可与《二京赋》鼎足而三、与《三都赋》并列为四，于是人人争相传抄，也出现了洛阳纸贵的情况。但是，谢安则一针见血地指出，此赋不过是“屋下架屋”的摹拟之作，并不足取，可谓卓识。

袁宏少贫

袁虎少贫[①]，尝为人佣载运租。谢镇西经船行[②]，其夜清风朗月，闻江渚间估客船上有咏诗声[③]，甚有情致；所诵五言，又其所未尝闻，叹美不能已。即遣委曲讯问[④]，乃是袁自咏其所作《咏史诗》。因此相要[⑤]，大相赏得[⑥]。

【注释】

①袁虎：袁宏(328—376)，字彦伯，小字虎，阳夏(今河南太康)人。有才学，文章绝美。著有《后汉记》、《竹林名士传》、《东征赋》、《北征赋》、《三国名臣颂》等。

②谢镇西：谢尚。

③江渚(zhǔ)：江中的沙洲。

④委曲：把事情的底细和经过讲清楚，称为委曲详尽。

⑤要(yāo)：通“邀”，邀请。

⑥赏得：赏识相得。

【点评】

袁宏年轻时曾经受雇运送租粮，在舟中吟诵自己所作的《咏史诗》，恰遇镇西将军谢尚乘船经过。谢尚听到江中小洲有吟诗声，很有情趣，所吟诵的五言诗，又是自己从来没有听到过的，不禁赞美不止，对袁宏大加赞赏，成为文坛的一段佳话。

袁宏倚马为文

桓宣武北征[①]，袁虎时从，被责免官。会须露布文[②]，唤袁倚马前令作。手不辍笔，俄得七纸，殊可观。东亭在侧[③]，极叹其才。袁虎云：“当令齿舌间得利[④]。”

魏晋墓砖画出行图

【注释】

①北征：晋废帝太和四年(369)，桓温北征前燕。

②露布：古代指檄文、紧急文书等，因不加封缄，故称。

③东亭：王珣(xún)，字元琳，王导孙，年轻时为桓温主簿，后为尚书右仆射，封东亭侯。官至散骑常侍。

④齿舌：指赞赏、夸奖。

【点评】

桓温入洛过淮、泗北境时，登楼眺望中原，认为中原失守，王衍当负其责。袁宏则认为“运有废兴”，王衍未必有过，为此得罪了桓温。“被责免官”，即指此事。袁宏文不加点，顷刻之间即写成七纸，令一旁的王珣叹为观止。

桓玄文采斐然

桓玄初并西夏[①]，领荆、江二州、二府、一国[②]。于时始雪，五处俱贺，五版并入[③]。玄在听事上，版至，即答版后，皆粲然成章[④]，不相揉杂[⑤]。

【注释】

①桓玄(369—404)：字敬道，一名灵宝，谯国龙亢(今安徽怀远西)人。桓温之少子，袭父封为南郡公。元兴元年(402)举兵攻入建康，杀司马元显，掌朝政。次年代晋自立，国号楚。不久为刘裕所败，自杀。西夏：华夏之西，指中原地区西部。

②二府：指八州都督府及后将军府。一国：指桓温死后，袭南郡公的封号。

③五版：指上述二州、二府、一国五处的贺笺。

④粲(càn)然：有文采的样子。

⑤揉杂：混杂在一起。

【点评】

桓玄才思敏捷，不仅授笔立成，且文采斐然，所写各篇的内容均不混同。这对于一位身居要职，军政事务缠身的军政长官来说，殊属不易。

方正第五

梦蝶图

陈寔与友期行

陈太丘与友期行，期日中，过中不至，太丘舍去，去后乃至。元方时年七岁，门外戏。客问元方："尊君在不？"答曰："待君久不至，已去。"友人便怒，曰："非人哉！与人期行，相委而去[1]。"元方曰："君与家君期日中。日中不至，则是无信；对子骂父，则是无礼。"友人惭，下车引之[2]，元方入门不顾。

【注释】

①委：抛弃，舍弃。

②引：拉。

【点评】

陈寔的友人爽约后至，又当着元方的面发泄自己的不满。元方虽然年仅七岁，但能据理力争，痛斥对方不守时就是无信、对子骂父就是无礼，令其感到理屈羞愧。

宗承存松柏之志

南阳宗世林[1]，魏武同时，而甚薄其为人，不与之交。及魏武作司空，总朝政，从容问宗曰："可以交未？"答曰："松柏之志犹存。"世林既以忤旨见疏，位不配德。文帝兄弟每造其门[2]，皆独拜床下。其见礼如此。

曹操像

【注释】

①宗世林：宗承，字世林，南阳安众（今属河南）人。年轻时即修德有美名，曹丕时征为直谏大夫。明帝时欲以之为相，以年老固辞不就。

②文帝兄弟：指曹丕、曹植。

【点评】

宗承因看不起曹操的为人，所以不肯与之结交，即使曹操做了司空，大权在握，仍然坚持“松柏之志”，令曹操下不了台。不过曹操仍然要求曹丕兄弟对宗承执弟子之礼，故他们造访宗承时，都会拜倒在他的坐榻下。

郭淮为妻请命

郭淮作关中都督[①]，甚得民情，亦屡有战庸[②]。淮妻，太尉王凌之妹[③]，坐凌事，当并诛，使者征摄甚急[④]。淮使戒装[⑤]，克日当发[⑥]。州府文武及百姓劝淮举兵，淮不许。至期遣妻，百姓号泣追呼者数万人。行数十里，淮乃命左右追夫人还，于是文武奔驰，如徇身首之急[⑦]。既至，淮与宣帝书曰[⑧]：“五子哀恋，思念其母。其母既亡，则无五子；五子若殒[⑨]，亦复无淮。”宣帝乃表特原淮妻[⑩]。

司马懿装病

【注释】

①郭淮：字伯济，太原阳曲（今山西太原）人。历官雍州刺史、征西将军等，进封都乡侯。

②战庸：战功。庸，功。

③王凌：字彦云，太原祁（今属山西）人。曹操时辟为丞相掾属。曹丕时拜散骑常侍，伐吴有功，封宜城亭侯。司马懿当权时，为太尉。他拟迎立楚王曹彪为帝，废齐王曹芳，为人告发后服毒自杀，司马懿诛其三族。

④征摄：捉拿。

⑤戒装：准备行装。

⑥克日：限定时间。

⑦徇：营救。

⑧宣帝：司马懿（179—251），字仲达，河内温县（今河南温县西）人。

⑨殒（yǔn）：死亡。

⑩表：指上表给魏帝。原：宽恕，赦免。

【点评】

郭淮的妻子是太尉王凌的妹妹，因受其兄牵连要被处死，郭淮便让她准备行装，按限定的日期出发。州府里的文武官员及百姓都劝郭淮起兵抗拒，但他不答应。后因百姓感念其恩德，呼号挽留，这才上书司马懿说："我的五个儿子哀痛眷恋，思念他们的母亲，他们的母亲如果死了，那么五个儿子也就没有了，五个儿子如果死了，也就不再有我郭淮了。"郭淮因其战功卓著，素为司马懿所赏识，所以司马懿上表魏帝，特赦了郭淮的妻子。

辛毗阻司马懿出战

诸葛亮之次渭滨[①]，关中震动。魏明帝深惧晋宣王战[②]，乃遣辛毗为军司马[③]。宣王既与亮对渭而陈[④]，亮设诱谲万方[⑤]，宣王果大忿，将欲应之以重兵。亮遣间谍觇之[⑥]，还曰："有一老夫，毅然仗黄钺，当军门立，军不得出。"亮曰："此必辛佐治也。"

【注释】

①次渭滨：驻扎在渭水旁。次，停留。

②晋宣王：司马懿。

③辛毗（pí）：字佐治，颍川阳翟（今河南禹县）人，官至卫尉。军司马：应作"军师"。晋人避司马师之名讳，故改为"军司"。"马"为衍字。

④对渭而陈：隔着渭水对阵。陈，同"阵"。

⑤设诱谲（jué）：指设计诱骗对方。谲，欺骗。万方：千方百计。

⑥觇（chān）：窥视，察看。

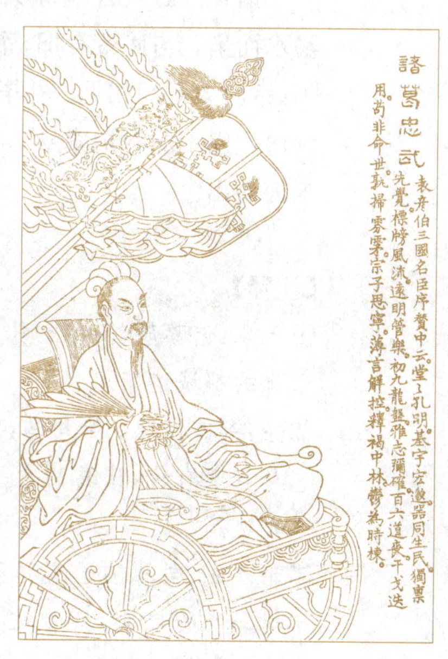

诸葛亮像

【点评】

魏明帝太和二年(228)，诸葛亮率兵十馀万远征曹魏，屯于渭水之南，意在速战。明帝命司马懿不得出战，以观其变，并派辛毗为军师，进行监督。在诸葛亮的百般引诱之下，司马懿果然中计，幸亏辛毗忠于职守加以阻止。结果两军对垒百馀日后，诸葛亮劳累过度，病死于军中。

三顾茅庐（皮影）

诸葛靓恨不能吞炭漆身

诸葛靓后入晋①，除大司马②，召不起。以与晋室有仇③，常背洛水而坐。与武帝有旧，帝欲见之而无由，乃请诸葛妃呼靓④。既来，帝就太妃间相见。礼毕，酒酣，帝曰："卿故复忆竹马之好不⑤？"靓曰："臣不能吞炭漆身⑥，今日复睹圣颜。"因涕泗百行⑦。帝于是惭悔而出。

【注释】

①入晋：诸葛靓（jìng）初仕吴，为右将军、大司马，晋灭吴后，他到了晋的都城洛阳。

②除：拜官授职。大司马：官名。上公之一，位在三公之上。

③与晋室有仇：诸葛靓之父诸葛诞被司马昭所杀，故与晋有杀父之仇。

④诸葛妃：司马懿子琅邪王伷（zhòu）的王妃，为诸葛靓之姊，也是司马炎的叔母。后文之"太妃"亦为诸葛妃。

⑤竹马之好：指儿时的友情。竹马为儿童玩具，用竹竿当马骑。

⑥吞炭漆身：事见《战国策·赵策》。战国时韩、魏、赵合力杀智伯，智伯的门客豫让为替其报仇，漆身为癞，吞炭为哑，改变容貌声音，想刺杀赵襄子，事败而死。后即喻指矢志复仇。

⑦涕泗（sì）：眼泪鼻涕。

【点评】

诸葛靓因为与晋朝王室有杀父之仇，所以常常背对洛水而坐，不愿面向洛阳。晋武帝想方设法和诸葛靓相见，想要重叙儿时的友情。诸葛靓则引豫让吞炭漆身的故事以明志，令武帝感到惭愧悔恨。

王济讥刺晋武帝

武帝语和峤曰："我欲先痛骂王武子[①]，然后爵之。"峤曰："武子俊爽，恐不可屈。"帝遂召武子苦责之，因曰："知愧不？"武子曰："尺布斗粟之谣[②]，常为陛下耻之。它人能令疏亲，臣不能使亲疏，以此愧陛下！"

【注释】

①王武子：王济，字武子，太原晋阳（今山西太原）人。善《易》及《老》、《庄》。晋武帝的女婿，官中书郎，骁骑将军、侍中、太仆等。

②尺布斗粟之谣：事见《史记·淮南衡山列传》，淮南厉王刘长被汉文帝以谋反罪流放，途中绝食而死。民谣讽之曰："一尺布，尚可缝；一斗粟，尚可舂。兄弟二人，不能相容。"

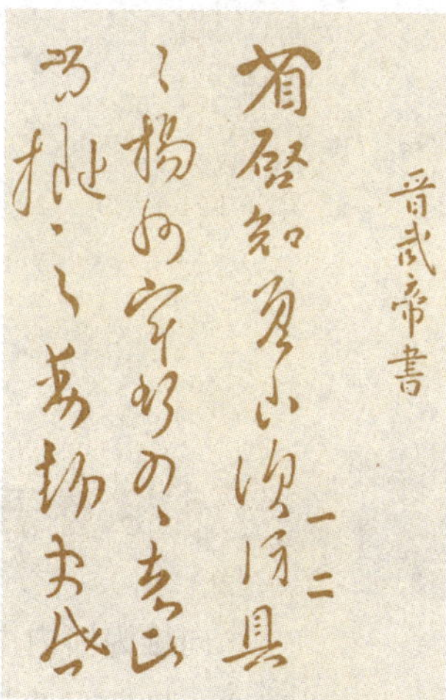

晋武帝《省启帖》

【点评】

齐王司马攸有才华，所以武帝对其猜忌，再加左右亲信进谗，便把司马攸逐出朝廷。王济曾竭力反对，还派妻子常山公主进宫劝阻，引起司马炎的不满，所以痛骂王济。王济则不仅不为所屈，还引用汉文帝放逐兄弟时的民谣来喻指武帝不容兄弟，可谓词锋锐利，咄咄逼人。

山涛之子恪守礼法

山公大儿著短帢[①]，车中倚。武帝欲见之，山公不敢辞，问儿，儿不肯行。时论乃云胜山公。

【注释】

①山公：山涛（205—283），字巨源，河内怀县（今河南武陟西）人。“竹林七贤”之一，好老庄哲学。晋初任吏部尚书、尚书右仆射等职。原有集，已佚，有辑本。大儿：长子，名该，字伯伦，官至左卫将军。短帢（qià）：古代士人戴的一种便帽。

魏晋冠服

【点评】

短帢是曹操模拟古代的帽子用缣（细绢）帛裁制而成的，比较简易随便，适合非正规的场合戴。在朝见皇帝时戴这种帽子是不够庄重的，所以山该不肯去见武帝。山该在皇帝召见的情况下并没有忘形，仍能以礼仪为重，难怪时论认为他胜过山涛。

向雄拒复君臣之好

向雄为河内主簿[①]，有公事不及雄，而太守刘淮横怒[②]，遂与杖遣之。雄后为黄门郎，刘为侍中，初不交言。武帝闻之，敕雄复君臣之好。雄不得已，诣刘再拜曰：“向受诏而来，而君臣之义绝，何如！”于是即去。武帝闻尚不和，乃怒问雄曰：“我令卿复君臣之好，何以犹绝？”雄曰：“古之君子，进人以礼，退人以礼。今之君子，进人若将加诸膝，退人若将坠诸渊。臣于刘河内不为戎首[③]，亦已幸甚，安复为君臣之好？”武帝从之。

【注释】

①向雄：字茂伯，河内山阳（今河南修武西北）人。官至黄门侍郎、泰州刺史、河南尹。后因固谏忤旨，忧愤而死。河内：郡名，治所在今河南沁阳。

②刘淮：字君平，历官河内太守、侍中、尚书仆射、司徒。横怒：暴怒。
③戎首：指挑起事端者。

【点评】

向雄因蒙冤被杖责革职，所以与刘淮的关系一直很冷淡。晋武帝又偏偏要做和事佬，想让他们和解。但向雄却并不给武帝面子，坚持自己的为人准则，不愿恢复旧好。最终，武帝也无可奈何，只能不了了之。

嵇绍拒操丝竹

齐王冏为大司马[①]，辅政，嵇绍为侍中，诣冏咨事。冏设宰会[②]，召葛旟、董艾等共论时宜[③]。旟等白冏："嵇侍中善于丝竹，公可令操之。"遂送乐器，绍推却不受，冏曰："今日共为欢，卿何却邪？"绍曰："公协辅皇室，令作事可法。绍虽官卑，职备常伯[④]，操丝比竹盖乐官之事，不可以先王法服为伶人之业[⑤]。今逼高命[⑥]，不敢苟辞，当释冠冕，袭私服[⑦]，此绍之心也。"旟等不自得而退。

魏晋墓砖画上的乐师奏饮图

【注释】

①齐王冏：字景治，齐王司马攸之子，袭封齐王。赵王司马伦篡位，冏起兵杀伦，拜大司马，执掌朝政。后为长沙王司马乂所杀。
②设宰会：设宴邀请僚属聚会。宰，指朝中官员。
③葛旟（yú）：字虚旟，司马冏的属官。董艾：字叔智，亦为司马冏属官。
④备：充当，充任。常伯：指皇帝近臣。
⑤法服：古代礼法规定的官服。
⑥高命：尊命。
⑦袭：穿。

【点评】

古代伶人的地位低下，所以嵇绍虽然擅长丝竹之音，但认为当众弹奏有失身份。为了维护自己的尊严，嵇绍便以身穿朝服为由加以拒绝，一席话义正词严，令提出此议的葛旟等人也自觉无趣。

羊忱惧祸辞官

羊忱性甚贞烈[①]。赵王伦为相国[②]，忱为太博长史，乃版以参相国军事[③]。使者卒至[④]，忱深惧豫祸[⑤]，不暇被马[⑥]，于是帖骑而避[⑦]。使者追之，忱善射，矢左右发，使者不敢进，遂得免。

【注释】

①羊忱（？—311）：一名陶，字长和，泰山（今属山东）人。历官太傅长史、扬州刺史、侍中。

②赵王伦：赵王司马伦，字子彝，司马懿之子。晋武帝封其为赵王。惠帝永康初与梁王一起废贾后，自为相国，次年自立为帝，不久被杀。

③版：指书写于木版上之文书。时赵王伦专朝政，故用版诏的形式授以官职。参相国军事：官名。相国府属下的参军事官，亦称参军。

④卒（cù）：同"猝"，忽然。

⑤豫祸：指受祸害牵累。豫，通"与"，参与。

⑥被马：给马加上鞍勒。

⑦帖骑：指骑上没有鞍勒之马，贴身在马背上。

【点评】

羊忱秉性贞烈，预知赵王伦有篡位之心，故不愿接受他的任命。使者来时，他连马鞍都来不及备，即上马而避之，甚至对着使者放箭，使其不敢靠近，这才躲过一劫。

晋元帝立储

元皇帝既登阼，以郑后之宠[①]，欲舍明帝而立简文。时议者咸谓舍长立少，既于理非伦[②]，且明帝以聪亮英断，益宜为储副[③]。周、王诸公并苦争恳切[4]，唯刁玄亮独欲奉少主以阿帝旨[5]。元帝便欲施行，虑诸公不奉诏，于是先唤周侯、丞相入，然后欲出诏付刁。周、王既入，始至阶头，帝逆遣传诏遏使就东厢[6]。周侯未悟，即却略下阶[7]；丞相披拨传诏[8]，径至御床前，曰："不审陛下何以见臣？"帝默然无言，乃探怀中黄纸诏裂掷之。由此皇储始定。周侯方慨然愧叹曰："我常自言胜茂弘[9]，今始知不如也！"

【注释】

①郑后：郑阿春，河南荥阳(今属河南)人。元帝纳为琅邪夫人，得宠，生简文帝司马昱。孝武帝时追尊为简文太后。

②非伦：不合伦常。

③益：更加。储副：储君，太子。

④周、王：周𫖮、王导。

⑤刁玄亮：刁协(？—322)，字玄亮，渤海饶安(今河北盐山西南)人。元帝心腹，任尚书令。

⑥逆：预先。遏(è)：阻止。

⑦却略：倒退着走。

⑧披拨：用手拨开。

⑨茂弘：王导字茂弘。

【点评】

晋明帝为太子时，与当时名士及朝臣王导、庾亮、温峤等过往密切，颇得人心，所以元帝准备另立太子时难免会遭到反对。虽然元帝在刁协的逢迎之下准备一意孤行，但最终还是迫于王导等朝中重臣的压力，不得不放弃初衷，尴尬地撕毁拟好的诏书。这则故事也说明东晋时期皇室衰微，经常受制于大臣。东晋时期政局始终动荡不安，也源出于此。

钟雅尽忠

苏峻既至石头[1]，百僚奔散，唯侍中钟雅独在帝侧。或谓钟曰："见可而进，知难而退[2]，古之道也。君性亮直[3]，必不容于寇雠，何不用随时之宜，而坐待其弊邪[4]？"钟曰："国乱不能匡，君危不能济，而各逊遁以求免[5]，吾惧董狐将执简而进矣[6]。"

【注释】

①苏峻既至石头：指苏峻叛乱攻入京城。苏峻（？—328），字子高，长广挺县（今山东莱阳南）人。元帝时为鹰扬将军，以平王敦之功进冠军将军。后与祖约起兵攻入京城，专擅朝政，为温峤、陶侃等所败。

②见可而进，知难而退：语见《左传·宣公十二年》："见可而退，知难而进，军之善政也。"谓作战时要见机而动。

③亮直：诚实正直。

④弊：通"毙"。

⑤逊遁：退避。

⑥董狐：春秋时晋国的史官，为古代良史的代表。

【点评】

《左传·宣公二年》载，晋灵公十四年（前607）晋卿赵盾因避灵公杀害而出走，未出境，其族人赵穿杀灵公。董狐认为责任在赵盾，故在史书上写："赵盾弑其君。"钟雅不愿步赵盾的后尘，给后人留下骂名，所以在百官奔散的情况下，坚持侍奉在幼帝身边，最终遇难。

王导鉴人

江仆射年少[1]，王丞相呼与共棋。王手尝不如两道许[2]，而欲敌道戏[3]，试以观之。江不即下。王曰："君何以不行？"江曰："恐不得尔。"傍有客曰："此年少戏乃不恶。"王徐举首曰："此年少，非唯围棋见胜。"

【注释】

①江仆射：江虨（bīn），字思玄，陈留（今河南开封东北）人。博学知名，官至尚书左仆射、护军将军。

②手：指棋艺。道：指围棋的格子，一道格子一颗棋，故以道称棋子。

棋盘

晋墓出土的石质围棋棋子

③敌道戏：指下棋时双方对等，互不让子。

【点评】

江虨的棋力可让王导二子左右，王导希望不要让子，和江虨下分先棋，江虨根据棋力就是不愿意下分先。所以，王导从江虨固执的个性上，知其将来必有所作为。

刘惔不与小人作缘

刘真长、王仲祖共行[①]，日旰未食[②]。有相识小人贻其餐[③]，肴案甚盛[④]，真长辞焉。仲祖曰："聊以充虚[⑤]，何苦辞？"真长曰："小人都不可与作缘[⑥]。"

【注释】

①刘真长：刘惔。王仲祖：王濛。

②日旰(gàn)：天晚。

③小人：指人格低下者。

④肴(yáo)案：指菜肴。案，端饭菜用的木盘。

⑤充虚：充饥。

⑥作缘：指结交、交往。

【点评】

魏晋南北朝时期的士人非常注重个人品行的修炼，一些品格不高者往往会在社交中受到排斥。刘惔甚至在饥饿时都不愿意吃"小人"送来的食物，可见虽逢乱世，但当时的社会主流阶层仍能恪守传统的道德规范。

王献之看诸门生樗蒲

王子敬数岁时[1]，尝看诸门生樗蒲[2]，见有胜负，因曰："南风不竞[3]。"门生辈轻其小儿，乃曰："此郎亦管中窥豹，时见一斑。"子敬瞋目曰："远惭荀奉倩[4]，近愧刘真长。"遂拂衣而去。

王献之书裙

【注释】

①王子敬：王献之(344—386)，字子敬，王羲之第七子，官至中书令。工书法，兼擅诸体，尤精行草，与父齐名，并称"二王"。

②门生：指依附于世家大族门下的寒士。樗(chū)蒲：古代的一种赌博游戏。

③南风不竞：语出《左传·襄公十八年》，谓师旷能从乐声中测出楚师士气不振，没有战斗力。喻指竞赛的一方力量不强。南风，南方的音乐。不竞，乐声低微。

④荀奉倩：荀粲，字奉倩，三国魏人。

【点评】

荀粲和刘惔因慎于交游而为史所称，他们不与常人交接，所交者皆一时俊杰。王献之针对门下之人对自己的轻视无礼，即以愧对荀粲、刘惔之语反唇相讥。可知其小小年纪，气度已是不凡。

雅量第六

唐风图

顾雍丧子

豫章太守顾劭[①]，是雍之子[②]。劭在郡卒。雍盛集僚属自围棋。外启信至，而无儿书，虽神气不变，而心了其故，以爪掐掌，血流沾褥。宾客既散，方叹曰："已无延陵之高[③]，岂可有丧明之责[④]！"于是豁情散哀[⑤]，颜色自若。

【注释】

①顾劭：字孝则，吴郡吴县(治今江苏苏州)人。官至豫章太守。

②雍：顾雍(168—243)，字元叹，曾得到蔡邕的赞赏。孙权时历任会稽太守、尚书令，后任吴国丞相。

③延陵之高：指季札行事之高尚旷达。延陵，季札，又称公子札，春秋时吴国贵族，封于延陵(今江苏常州)。《礼记·檀弓下》，谓季札到齐国聘问，回程中，长子死，下葬于嬴、博之间，孔子前往参观葬礼。葬处十分简单，季札哭了三遍，并说其长子回到土里是命，其精神则无所不在。孔子认为季札所为很合乎礼数。

④丧明之责：事见《礼记·檀弓上》，谓孔子的学生子夏哭子失明，曾子去慰问他。子夏说自己没有任何过错，曾子生气说他有三错：事奉夫子，老了退处西河，使西河人把他比为夫子；自己的长辈死了，老百姓也没有听到他有什么特别的表现，死了儿子就哭瞎了眼睛。子夏听了，立即丢掉手杖谢罪。

⑤豁：消散，消除。

【点评】

顾雍为人十分严肃，不饮酒，寡言语。宴饮时有他在场，左右都不敢尽情畅饮，怕有什么不当，连孙权都怕他。他在与僚属聚会时，恰逢其长子顾劭死于任上的噩耗传来，他强忍悲痛，暗地里手掌都掐出了血。但他以季札丧子时的高蹈超脱、子夏哭子失明等故事为借鉴，很快就排除掉了哀痛之情。其自控力之强，远过于常人。

嵇康临刑奏《广陵散》

嵇中散临刑东市[①]，神色不变，索琴弹之，奏《广陵散》[②]。曲终，曰："袁孝尼尝请学此散[③]，吾靳固不与[④]，《广陵散》于今绝矣！"太学生三千人上书，请以为师，不许。文王亦寻悔焉。

【注释】

①嵇中散：嵇康。东市：汉代长安行刑之场所，后即专指刑场。

②《广陵散》：琴曲名，又称《广陵止息》，嵇康以善弹此曲著称。

③袁孝尼：袁准。

④靳(jìn)固：吝惜固执。

【点评】

嵇康受友人吕安案的牵连，被钟会借机诬陷。嵇康临刑前神色不变，却感叹《广陵散》从此要绝响了。这一故事流传千年，也引起了人们对《广陵散》的无限遐想。

王戎年少睿智

王戎七岁，尝与诸小儿游。看道边李树，多子折枝，诸儿竞走取之，唯戎不动。人问之，答曰："树在道边而多子，此必苦李。"取之信然。

【点评】

王戎幼时就有神理之称，对事物有着异乎寻常的悟性。这则故事就是一个很好的证明，说明他的逻辑推理能力极强。

王衍遇辱

王夷甫尝属族人事[①]，经时未行[②]。遇于一处饮燕[③]，因语之曰："近属尊事，那得不行？"族人大怒，便举樏掷其面[4]。夷甫都无言，盥洗毕，牵王丞相臂，与共载去。在车中照镜，语丞相曰："汝看我眼光，乃出牛背上。"

魏晋墓砖画进食图

【注释】

①王夷甫：王衍。属（zhǔ）：嘱咐。

②经时：多时。

③燕：通"宴"。

④樏（lěi）：食盒，有底有隔。

【点评】

王衍风姿优雅，人称"宁馨儿"，他自己也以此自负。正因其自视甚高，所以对一些小事常不加计较，即便是挨打受辱，他也认为是小事，所以在和王导一同离开时，王顾左右而言他，似乎刚才的事情从来就没发生过一样。

裴遐雅量

裴遐在周馥所[1]，馥设主人[2]。遐与人围棋，馥司马行酒，遐正戏，不时为饮[3]，司马恚[4]，因曳遐坠地。遐还坐，举止如常，颜色不变，复戏如故。王夷甫问遐："当时何得颜色不异？"答曰："直是暗当故耳[5]！"

【注释】

①裴遐：字叔道，河东闻喜（今属山西）人。善言玄理，东海王司马越引为主簿。周馥：字祖宣，汝南（今河南正阳东北）人。惠帝时为平东将军，都督扬州诸军事，封永宁伯。

②设主人：准备酒肴当东道主。

③时：按时，及时。

④恚（huì）：恨，怒。

⑤直：只不过。暗：愚昧。

【点评】

史称裴遐心如虚空、性格和善，故能包容司马的无礼之举，并且神色自如，这不仅是名士的风度，也说明了裴遐的容人之量。

小人之虑度君子之心

刘庆孙在太傅府[①]，于时人士多为所构，唯庾子嵩纵心事外[②]，无迹可间[③]。后以其性俭家富，说太傅令换千万[④]，冀其有吝，于此可乘。太傅于众坐中问庾，庾时颓然已醉，帻堕几上[⑤]，以头就穿取。徐答云："下官家故可有两娑千万[⑥]，随公所取。"于是乃服。后有人向庾道此，庾曰："可谓以小人之虑，度君子之心。"

【注释】

①刘庆孙：刘玙，一作刘舆，字庆孙，中山魏昌（今河北无极）人。刘琨之兄，两人齐名。历官散骑侍郎、中书侍郎、颍川太守、魏郡太守等。太傅：东海王司马越。

②庾子嵩：庾敳。

③间：离间。

④说（shuì）：劝说。换：换借，借取。

⑤帻（zé）：头巾。

⑥两娑千万：犹言两三千万。娑，字义未详。

【点评】

庾敳为人旷达有雅量，刘玙虽处心积虑要陷害他，但终不能得逞。文中关于庾敳的头巾掉在几上，然后他用头凑上去戴起来的情节描写，栩栩如生地刻画了他的醉态，使人有如临其境之感。小人之心，不可度君子之腹，最后连一心想要害他的刘玙都不得不对庾敳表示钦佩。

褚裒宠辱不惊

褚公于章安令迁太尉记室参军[①]，名字已显而位微，人未多识。

公东出，乘估客船[2]，送故吏数人，投钱唐亭住[3]。尔时，吴兴沈充为县令[4]，当送客过浙江，客出[5]，亭吏驱公移牛屋下。潮水至，沈令起彷徨，问："牛屋下是何物人[6]？"吏云："昨有一伧父来寄亭中[7]，有尊贵客，权移之。"令有酒色，因遥问："伧父欲食𩞄不[8]？姓何等？可共语。"褚因举手答曰："河南褚季野。"远近久承公名，令于是大遽，不敢移公，便于牛屋下修刺诣公[9]，更宰杀为馔具，于公前鞭挞亭吏，欲以谢惭。公与之酌宴，言色无异，状如不觉。令送公至界。

魏晋时的名刺

【注释】

①褚公：褚裒。

②估客：商贩。

③钱唐：钱塘，旧县名，治在今浙江杭州西。亭：驿亭。

④吴兴：郡名，治在今浙江湖州。沈充：事迹不详。

⑤出：来到。

⑥何物：轻蔑语，哪一个，什么人。

⑦伧(cāng)父：鄙贱之人，南人对北人的蔑称。

⑧𩞄：同"饼"。

⑨修刺：写好名帖。刺，名帖，名片。

【点评】

本文写褚裒在上任途中被钱塘亭吏移入牛屋，后又受到吴兴县令的盛情款待，亭吏受到鞭打，等等，他都毫无异色，雍容大度，真正达到了宠辱不惊的境界。

王羲之袒腹东床

郗太傅在京口[1]，遣门生与王丞相书，求女婿。丞相语郗信[2]："君往东厢，任意选之。"门生归白郗曰："王家诸郎亦皆可嘉，闻来觅婿，咸自矜持[3]。唯有一郎在东床上袒腹卧，如不闻。"郗公云："正此好！"访之，乃是逸少[4]，因嫁女与焉。

王羲之坐榻上

【注释】

①郗太傅：郗鉴。京口：古城名，故址在今江苏镇江。

②信：信使。

③矜持：指拘谨，做出端庄严肃的样子。

④逸少：王羲之字逸少，为王导之堂侄。

【点评】

王羲之讷于言而精于书法，其隶书被称为"古今之冠"。郗鉴求婿时，王氏子弟都拘谨造作，独王羲之洒脱不羁，袒腹东床，遂为郗鉴所赏识。这个故事脍炙人口，袒腹东床的典故即出此。后人遂称佳婿为"袒腹"、"东床"。

谢安泛海

谢太傅盘桓东山时[①]，与孙兴公诸人泛海戏[②]。风起浪涌，孙、王诸人色并遽[③]，便唱使还[④]。太傅神情方王[⑤]，吟啸不言。舟人以公貌闲意说，犹去不止。既风转急，浪猛，诸人皆喧动不坐。公徐曰："如此将无归？"众人即承响而回[⑥]。于是审其量，足以镇安朝野。

谢太傅东山丝竹图

【注释】

①谢太傅：谢安。

②孙兴公：孙绰。

③孙、王：孙绰、王羲之。遽：惊惧。

④唱：高呼。

⑤王(wàng)：指精神旺、兴致高。

⑥承响：应声。

【点评】

孙绰、王羲之等人见风起浪涌，就惊惧不已，而谢安却意兴勃发，吟诗啸呼。谢安处变不惊的事例很多，他也因此成为一代名臣。

谢安与人围棋

谢公与人围棋，俄而谢玄淮上信至，看书竟，默然无言，徐向局[①]。客问淮上利害[②]，答曰："小儿辈大破贼[③]。"意色举止，不异于常。

【注释】

①局：棋局。

②利害：指胜负。

③小儿辈：谢安被任为征讨大都督，他派遣弟谢石、侄谢玄、子谢琰率军北上拒敌，诸谢多为其子侄，故称。

【点评】

淝水之战是关系东晋存亡的生死之战，捷报传来时，谢安不动声色，依然专注对弈，不能不让人对他的气度感到钦佩。据史料记载，谢安回到内室时，屐齿碰到门槛折断了也没察觉，可见其内心还是激动异常的。

东山报捷图

王珣失仪

王东亭为桓宣武主簿[1]，既承藉[2]，有美誉，公甚敬其人地[3]，为一府之望。初见谢失仪[4]，而神色自若，坐上宾客即相贬笑，公曰："不然。观其情貌，必自不凡，吾当试之。"后因月朝阁下伏[5]，公于内走马直出突之，左右皆宕仆[6]，而王不动。名价于是大重[7]，咸云"是公辅器也"[8]。

【注释】

①王东亭：王珣。桓宣武：桓温。

②承藉：继承前辈事业并以为凭借。王珣是王导之孙，名门望族之后，故称。

③人地：人才与门第。

④见谢：指进见桓温答谢时。失仪：失礼。

⑤月朝：指下属每月初一按例朝见长官。

⑥宕(dàng)仆：摇摇晃晃向前跌倒。

⑦名价：名声。

⑧公辅：三公、丞相。

【点评】

桓温不以王珣失仪之小节而轻视他，经过亲自试验，知其处变不惊，具有三公丞相之干。可见古人对于人才，首先看重的是他们的气质。

识鉴第七

伯牙弹琴图(局部)

乱世之英雄

曹公少时见乔玄[①]，玄谓曰："天下方乱，群雄虎争，拨而理之，非君乎？然君实是乱世之英雄，治世之奸贼。恨吾老矣，不见君富贵，当以子孙相累[②]。"

曹操煮酒论英雄

【注释】

①曹公：曹操。乔玄：字公祖，东汉梁国睢阳（今河南商丘）人，官至尚书令。

②累：劳累，麻烦。意为托付。

【点评】

东汉末年群雄并起，曹操最终脱颖而出，堪称出类拔萃。但人们对曹操的评价则各不相同，乔玄"乱世之英雄，治世之奸贼"的话，对后人影响很大。据《后汉书》许劭本传，许劭也有过类似的评价，称其为"清平之奸贼，乱世之英雄"。

裴潜评刘备

曹公问裴潜曰[①]："卿昔与刘备共在荆州[②]，卿以备才如何？"潜曰："使居中国[③]，能乱人，不能为治；若乘边守险，足为一方之主。"

【注释】

①裴潜：字文行，河东闻喜（今属山西）人。曹操定荆州，以裴潜参丞相军事。此后历任兖州刺史、散骑常侍、荆州刺史、尚书令。

②刘备（161—223）：字玄德，涿郡涿县（今河北涿州）人。三国时蜀汉的建立者。

蜀主刘备

③中国：指中原地区。

【点评】

裴潜曾避乱荆州，与刘备相处过一段时间，所以曹操有此一问。但不知他为什么会认为刘备只能乱人而不能为治。不过说刘备乘边守险，足为一方之主，倒也符合后来三分天下之势。这大约是他根据曹、孙、吴三方形成势均的局面而作的推断。

傅嘏评时贤

何晏、邓飏、夏侯玄并求傅嘏交[①]，而嘏终不许。诸人乃因荀粲说合之，谓嘏曰："夏侯太初一时之杰士，虚心于子，而卿意怀不可交。合则好成，不合则致隙。二贤若穆[②]，则国之休[③]。此蔺相如所以下廉颇也。"傅曰："夏侯太初志大心劳[④]，能合虚誉，诚所谓利口覆国之人[⑤]。何晏、邓飏有为而躁，博而寡要[⑥]，外好利而内无关籥[⑦]，贵同恶异，多言而妒前[⑧]。多言多衅，妒前无亲。以吾观之，此三贤者皆败德之人尔，远之犹恐罹祸，况可亲之邪？"后皆如其言。

【注释】

①何晏：字平叔，南阳宛（yuān，今河南南阳）人。累官尚书，主选举。后因依附曹爽，被司马懿所杀。邓飏：字玄茂，南阳宛（今河南南阳）人。明帝时官颍川太守、侍中尚书。夏侯玄：字太初，谯县（今安徽亳县）人。为早期玄学领袖。曾任魏征西将军，都督雍、凉州诸军事。中书令李丰等拟谋杀司马师，而以夏侯玄取代，夺取司马氏权力，事泄被杀。傅嘏（gǔ，209—255）：字兰硕，北地泥阳（今陕西耀县东南）人。历官尚书郎、黄门侍郎、河南

尹、尚书。

②穆:和睦。

③休:美善,福禄。

④心劳:指思虑过多,费尽心思。

⑤利口覆国:指巧言令色会导致国家败亡。

⑥寡要:不得要领。

⑦关籥(yuè):关门之锁,引申为检点、约束。

⑧妒前:忌妒胜过自己的人。

【点评】

本文所写之事涉及曹魏与司马氏之间的权力之争。何晏是曹操的养子,夏侯玄是曹爽的表兄弟,曹爽执政时他们二人与邓飏一起都是曹爽的腹心。傅嘏则与何晏有隙,并成为司马氏党,曹爽之诛,他曾积极参与。从傅嘏对三人的评论中已显出不满和敌意,后三人均为司马氏所杀。但这并非真实的识鉴,而是政治斗争的结果。

山涛论兵法

晋武帝讲武于宣武场[①]。帝欲偃武修文[②],亲自临幸,悉召群臣。山公谓不宜尔[③]。因与诸尚书言孙、吴用兵本意,遂究论,举坐无不咨嗟[④],皆曰:"山少傅乃天下名言[⑤]。"后诸王骄汰[⑥],轻遘祸难[⑦],于是寇盗处处蚁合[⑧],郡国多以无备,不能制服,遂渐炽盛。皆如公言。时人以谓"山涛不学孙、吴,而暗与之理会"。王夷甫亦叹云[⑨]:"公暗与道合。"

【注释】

①宣武场:操练场,在洛阳宣武观北。

②偃(yǎn)武修文:止息武备,振兴文教。

③山公:山涛。

④咨嗟:赞叹。

⑤山少傅:山涛曾为太子少傅,故称。

⑥骄汰(tài):过分骄纵。汰,过分。

魏晋雕塑骑吏俑

⑦遘(gòu):通"构",构成。
⑧蚁合:像蚂蚁般地聚合,形容极多。
⑨王夷甫:王衍。

【点评】

晋武帝偃武修文的初衷虽好,但他即位后大封宗室为王的做法却埋下了祸根。山涛不习兵法,却深谙兵法之理,因此反对晋武帝的做法。晋武帝虽叹其为天下名言,但可惜并没有采用。诸王各有封地,各擅重兵,武帝死后,即开始争权夺利,酿成连年的战乱,史称"八王之乱"。

张翰思莼羹鲈脍

张季鹰辟齐王东曹掾[①],在洛,见秋风起,因思吴中菰菜羹、鲈鱼脍[②],曰:"人生贵得适意尔[③],何能羁宦数千里以要名爵[④]?"遂命驾便归。俄而齐王败,时人皆谓为见机[⑤]。

张翰像

【注释】

①张季鹰:张翰,字季鹰,吴郡(今江苏苏州)人。齐王冏时为大司马东曹掾。因秋风起,思念故乡的菰菜、莼羹、鲈鱼脍而归故乡。存诗六首,集已佚。辟(bì):征召。齐王:司马冏。东曹掾(yuàn):东曹的属官。曹,官署中分科办事的机构。

②吴中:吴地,苏州。菰(gū)菜:茭白,生长于长江以南的低洼地,可作蔬菜食用。鲈鱼脍(kuài):鲈鱼切片或切碎做的菜。

③尔：罢了，而已。
④羁宦：在异乡做官。要(yāo)：求。
⑤见机：在事前即已察知其结果。

【点评】

张翰因秋风起时思念故乡的菰菜、莼羹、鲈鱼脍而弃官返乡，其淡泊名利、洒脱不羁之风直追阮籍，故为时人誉为"江东步兵"。后即以"莼羹鲈脍"或"莼鲈"作为辞官归乡或乡国之思的典故。

王应评二王

王大将军既亡[①]，王应欲投世儒[②]，世儒为江州；王含欲投王舒[③]，舒为荆州。含语应曰："大将军平素与江州云何，而汝欲归之？"应曰："此乃所以宜往也。江州当人强盛时，能抗同异[④]，此非常人所行。及睹衰厄，必兴愍恻[⑤]。荆州守文[⑥]，岂能作意表行事！"含不从，遂共投舒，舒果沉含父子于江。彬闻应当来，密具船以待之，竟不得来，深以为恨。

【注释】

①王大将军：王敦(266—324)，字处仲，琅邪临沂(今属山东)人。王导族兄。与王导一同拥戴司马睿建立东晋王朝，迁大将军、荆州牧。因元帝信任刘隗、刁协，于永昌元年(322)起兵攻入建康，杀刁协、周颛等人，自任丞相，回屯武昌。后二年，明帝乘其病危下诏讨伐，他遂再次进兵建康，终死于军中。
②王应：字安期，王敦兄王含之子，因敦无子养为嗣子，以其为武卫将军，后被诛。世儒：王彬，王敦的堂弟，官至江州刺史、左仆射。
③王含：字处弘，王敦之兄，官至光禄勋。王舒：字处明，琅邪(今山东临沂)人。王敦堂弟。后讨苏峻有功，封彭泽侯。
④抗：抗论，直言不阿。
⑤愍恻：哀怜，恻隐。
⑥守文：遵守成法。

【点评】

王敦病死后，他的手下只能四处奔散。王应对王彬和王舒的性格特征非常了解，他认为王彬敢于直谏，这不是一般人所能做到的，所以他看见别人衰败困厄时，必定生出恻隐之心；而王舒遵守成法，是不可能收留他们的。果然王含父子被沉于长江，而王彬则秘密地准备船只来接应王应父子。

桓温将伐蜀

桓公将伐蜀[①]，在事诸贤，咸以李势在蜀既久[②]，承藉累叶[③]，且形据上流，三峡未易可克。唯刘尹云[④]："伊必能克蜀。观其蒲博[⑤]，不必得则不为。"

魏晋持刀陶俑

【注释】

①桓公：桓温。蜀：指成汉，十六国之一。

②李势：字子仁，成汉的国君。

③累叶：累世，不止一代。叶，世代。

④刘尹：刘惔。

⑤蒲博：即樗(chū)蒲，古代的一种赌博游戏。

【点评】

成汉国君李势承继祖业，从李特到他历经六世，已有三十多年历史，且又雄踞长江上游，想要攻克是有难度的，故朝中大臣颇有顾虑。独有刘惔深知桓温的性格，凡事没有把握就不会去做，桓温既然发兵，则必有攻克的把握。果然桓温出兵以少胜多，三战三胜，李势最后面缚而降。

郗超不以爱憎匿善

郗超与谢玄不善[①]。苻坚将问晋鼎，既已狼噬梁、岐[②]，又虎视淮阴矣[③]。于时朝议遣玄北讨，人间颇有异同之论。唯超曰："是必济事[4]。吾昔尝与共在桓宣武府[5]，见使才皆尽，虽履屐之间[6]，亦得其任。以此推之，容必能立勋[7]。"元功既举[8]，时人咸叹超之先觉，又重其不以爱憎匿善。

谢玄像

【注释】

①谢玄(343—388)：字幼度，小字遏，谢安之侄。淝水之战中，与谢石等大破前秦苻坚军，并收复徐、兖、青、豫诸州，以功封康乐县公。死后追赠车骑将军。

②梁：梁州，治所在今陕西汉中。岐：岐山，今陕西岐山东北。

③淮阴：指淮河以南地区。

④济事：成功。

⑤桓宣武府：桓温的幕府。

⑥履屐：泛指鞋子。这里喻指小事。

⑦容：也许，或许。

⑧元功：大功。此指谢玄在淝水之战中的战功。

淝水之战图

【点评】

据史料记载，郗超为自己的父亲官位待遇在谢安之下而不平，谢安则因郗超之父郗愔不务政务只知优游而感到愤愤不平。为此郗超与谢家的关系一直不睦。但郗超不为感情所蔽，而以国家大事为重，对谢玄进行客观的评价，体现了难能可贵的气度。

殷仲堪出镇荆州

王忱死，西镇未定[①]，朝贵人人有望。时殷仲堪在门下[②]，虽居机要，资名轻小，人情未以方岳相许[③]。晋孝武欲拔亲近腹心，遂以殷为荆州。事定，诏未出。王珣问殷曰[④]："陕西何故未有处分[⑤]？"殷曰："已有人。"王历问公卿，咸云："非。"王自计才地[⑥]，必应任己。复问："非我邪？"殷曰："亦似非。"其夜，诏出用殷。王语所亲曰："岂有黄门郎而受如此任！仲堪此举，乃是国之亡征。"

【注释】

①西镇未定：指荆州刺史之职尚未确定。西镇，荆州为西部重镇，故称。

②门下：门下省，皇帝的顾问机构。

③方岳：四方之高山，喻指地方长官。

④王珣：字元琳，王导孙，官至散骑常侍。

⑤陕西：西周初治陕西西部以辅佐王室，此以之喻指重镇荆州。

⑥才地：才能与门第。

【点评】

荆州地势险要，刺史之职事关朝廷的安危，王忱死后此职由谁来担任便成为焦点。殷仲堪和王珣并以才学文章称于时，王珣以为自己才能出众，身为尚书左仆射，又是王导之孙，门第高人一等，似非他莫属。谁知诏书发出，竟是殷仲堪，只因靠着孝武帝宠信便任此要职，故王珣极言此"乃是国之亡征"。殷仲堪后来为桓玄所败，被逼自杀。

赏誉第八

汉殿论功图

王湛为王济叹服

王汝南既除所生服[①]，遂停墓所。兄子济每来拜墓[②]，略不过叔，叔亦不候。济脱时过，止寒温而已。后聊试问近事，答对甚有音辞[③]，出济意外，济极惋愕。仍与语，转造精微。济先略无子侄之敬，既闻其言，不觉懔然[④]，心形俱肃[⑤]。遂留共语，弥日累夜。济虽俊爽，自视缺然[⑥]，乃喟然叹曰："家有名士，三十年而不知！"济去，叔送至门。济从骑有一马，绝难乘，少能骑者。济聊问叔："好骑乘不？"曰："亦好尔。"济又使骑难乘马。叔姿形既妙，回策如萦，名骑无以过之。济益叹其难测，非复一事。既还，浑问济[⑦]："何以暂行累日？"济曰："始得一叔。"浑问其故，济具叹述如此。浑曰："何如我？"济曰："济以上人。"武帝每见济，辄以湛调之曰："卿家痴叔死未？"济常无以答。既而得叔后，武帝又问如前。济曰："臣叔不痴。"称其实美。帝曰："谁比？"济曰："山涛以下，魏舒以上[⑧]。"于是显名，年二十八始宦。

西晋随葬品谷仓罐

【注释】

①王汝南：王湛，字处冲，太原晋阳（今山西太原）人。历官尚书郎、太子中庶子，出为汝南内史，故称。除所生服：脱去为父母守丧期间所穿的孝服。

②济：王济。

③音辞：指言辞很有意味。

④懔（lǐn）然：肃然起敬的样子。

⑤心形：内心与外表。

⑥缺然：有所欠缺的样子。

⑦浑：王浑，字玄冲，王济之父，王湛之兄，官至录尚书事。

⑧魏舒：字阳元，任城樊（今山东济宁附近）人。官至司徒。

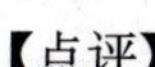

【点评】

王湛有识度，但少言语，以致宗族之人都以为他是痴子，连武帝都知道他们家有个"痴叔"。其侄王济先前也完全没有子侄对长辈的敬意，及至和王湛交谈后，才不觉肃然起敬，等看到王湛美妙精湛的骑术之后，知道自己的叔叔是个高深莫测的名士，于是向武帝推荐，并给予了极高的评价。

正始之音

王敦为大将军，镇豫章[①]，卫玠避乱[②]，从洛投敦。相见欣然，谈话弥日。于时谢鲲为长史[③]，敦谓鲲曰："不意永嘉之中，复闻正始之音。阿平若在[④]，当复绝倒[⑤]。"

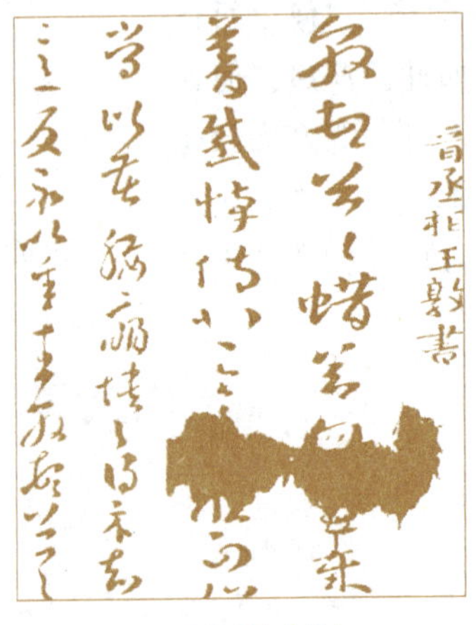

王敦《蜡节帖》

【注释】

①豫章：治在今江西南昌。

②避乱：指西晋末的战乱。

③谢鲲(280—322)：字幼舆，好《老》、《易》，能歌善鼓琴。

④阿平：王澄，字平子，王衍弟，官从事中郎、荆州刺史。

【点评】

东晋初年，战乱频仍，名士大多亡命天涯，很难再经常聚会。所以王敦和卫玠长谈之后不禁感慨起当年名士们优游清谈的情景。后人因此将魏晋时期的玄言清谈称为"正始之音"。

王述为人晚成

王蓝田为人晚成[①]，时人乃谓之痴。王丞相以其东海子[②]，辟为掾。常集聚，王公每发言，众人竞赞之。述于末坐曰："主非尧、舜[③]，何得事事皆是？"丞相甚相叹赏。

【注释】

①王蓝田：王述。

②东海：王述父王承曾任东海太守，故称。

③主：主人，对长官的尊称，指王导。

【点评】

王述成名比较晚，时人甚至认为他是痴子。王导因为他是东海太守的儿子，征召他为属官。王导在聚会时的每一次发言，都会被大家竞相赞美。王述却直言，主人家并非尧、舜，怎么可能事事都是对的呢？王导对此不但没有生气，反而非常赞赏。可见其颇有闻过则喜的风度，殊为难得。

竺法汰为王洽所重

初，法汰北来[①]，未知名，王领军供养之[②]。每与周旋行来[③]，往名胜许[④]，辄与俱。不得汰，便停车不行。因此名遂重。

【注释】

①法汰：竺法汰，东晋高僧，东莞（今山东莒县）人。

②王领军：王洽，字敬和，王导第三子。历官吴郡内史、中领军。

③周旋：应酬，往来。行来：往来，交往。

④名胜：有名望的人，名流。

【点评】

竺法汰本来没有什么名气，王洽不但供养他，还常常与他应酬交往，到名流处总要与他一起去。法汰不能去的话，王洽就停下车来不走。因此法汰的名望就高起来了。魏晋时期，很多出身低微者都是通过与名士的交往来提高自己名望的。

谢安不计前嫌

谢公领中书监[①]，王东亭有事[②]，应同上省[③]。王后至，坐促[④]，王、谢虽不通[5]，太傅犹敛膝容之。王神意闲畅，谢公倾目[6]。还谓刘夫人曰[7]："向见阿瓜[8]，故自未易有[9]，虽不相关，正自使人不能已已[10]。"

谢安携妓图

【注释】

①谢公：谢安。领：兼任。中书监：官名，中书省长官，掌机要。

②王东亭：王珣。

③上省：赴中书省。

④坐促：指座位窄小，不宽。

⑤不通：指不交往、不通问。

⑥倾目：注目。

⑦刘夫人：谢安夫人刘氏，刘惔之妹。

⑧阿瓜：王珣的另一个小字。

⑨故自：确实。

⑩正自：只是。已：止。已：句末语气词。

【点评】

王珣兄弟本来都是谢家的女婿，后因猜忌离婚，以致两家互相仇视，所以王珣和谢安虽然同坐一车，却形同路人。不过谢安仍能谦让容纳王珣，并赞叹王珣为难得的人才。可知其不计私仇，心胸豁达宽广。

品藻第九

伏生授经图

庞统评吴地三贤

庞士元至吴[①]，吴人并友之，见陆绩、顾劭、全琮[②]，而为之目曰："陆子所谓驽马有逸足之用[③]，顾子所谓驽牛可以负重致远。"或问："如所目，陆为胜邪？"曰："驽马虽精速，能致一人耳。驽牛一日行百里，所致岂一人哉？"吴人无以难。"全子好声名，似汝南樊子昭[④]。"

【注释】

①庞士元：庞统。

②陆绩(187—219)：字公纪，吴郡吴县(今江苏苏州)人。仕吴，官至郁林太守，通天文、历算。顾劭：字孝则，吴郡吴县人。顾雍之子，陆绩之甥，官至豫章太守。全琮：字子黄，吴郡钱塘(今浙江杭州)人。官至大司马、左军师。

③驽马：跑不快的马，劣马。逸足：使足安逸，意指代步。

④樊子昭：东汉末汝南人，出身贫贱，为许劭所赏识。

【点评】

庞统虽是客居吴地，但也毫不客气地对吴地的士人进行品评。对陆绩、顾劭、全琮三人，他认为全琮"好声名"，所以排在最末。他将陆绩和顾劭二人比喻为驽马和驽牛。荀子《劝学篇》曰："骐骥一跃，不能十步。驽马十驾，功在不舍。"驽马以其功在不舍而为人所用，然比起驽牛来，却又不如它的负重致远。这种品评人物的角度非常的别具一格，所以吴人竟也不能加以反驳。

成都武侯祠

诸葛三兄弟

诸葛瑾、弟亮及从弟诞[①]，并

有盛名，各在一国。于时以为蜀得其龙，吴得其虎，魏得其狗。诞在魏，与夏侯玄齐名。瑾在吴，吴朝服其弘量。

【注释】

①诸葛瑾（174—241）：字子瑜，诸葛亮之兄，琅邪阳都（今山东沂南南）人。孙权称帝后，官至大将军。亮：诸葛亮。从弟：堂弟，族弟。诞：诸葛诞，字公休，诸葛瑾的族弟，在魏担任镇东将军、司空，后被司马氏所杀。

诸葛诞义讨司马昭

【点评】

诸葛三兄弟皆为一时英杰，时人将诸葛亮、诸葛瑾称为龙与虎，而将诸葛诞称为狗。今人或许会对狗的比喻感到疑惑。按托名姜太公作的《六韬》，以文、武、龙、虎、豹、犬的次序排列，可知古人以犬排在龙虎之后，并无贬意。本文喻三人为龙、虎、狗，指他们分别在三国任职，均有功于国，都是值得赞颂的功臣。

郗鉴、周顗互谦

明帝问周伯仁[1]："卿自谓何如郗鉴？"周曰："鉴方臣，如有功夫[2]。"复问郗，郗曰："周顗比臣，有国士门风[3]。"

【注释】

①周伯仁：周顗。

②功夫：修养，造诣。

③国士：国中有才德声望的人。门风：家风。

【点评】

郗鉴和周顗均为东晋大臣，他们在品评对方时都表现出了自谦的风度，周颚认为郗鉴更有修养，郗鉴认为周颚更有国士之风。自古以来，只有贤者才有这种风范。

桓温恶私议

有人问谢安石、王坦之优劣于桓公[①]。桓公停欲言，中悔曰："卿喜传人语，不能复语卿。"

【注释】

①谢安石：谢安。桓公：桓温。

【点评】

当时私下论说是非、臧否人物的风气颇盛，桓温本人对此是比较反感的，他在上疏陈事中，就曾提到"朋友雷同，私议沸腾"（《晋书》本传），所以桓温对别人提出比较谢、王优劣的要求加以拒绝。

谢安评王氏三兄弟

王黄门兄弟三人俱诣谢公[①]，子猷、子重多说俗事[②]，子敬寒温而已[③]。既出，坐客问谢公："向三贤孰愈？"谢公曰："小者最胜。"客曰："何以知之？"谢公曰："吉人之辞寡，躁人之辞多。推此知之。"

王献之《中秋帖》

【注释】

①王黄门：王徽之，官至黄门侍郎，故称。兄弟三人：指王徽之、王操之、王献之兄弟三人。谢公：谢安。

②子猷：王徽之，王羲之第五子。子重：王操之，王羲之第六子。

③子敬：王献之，王羲之第七子。寒温：寒暄，说客气话。

【点评】

谢安从王献之的稳重寡言，推知其为兄弟中之佼佼者，可谓独具慧眼。“吉人之辞寡”两句，出自《周易·系辞下》：“吉人之辞寡，躁人之辞多。”谓善人真诚正直，所以说话少；浮躁的人轻浮，所以说话多。

桓玄为太傅

桓玄为太傅，大会，朝臣毕集。坐裁竟[1]，问王桢之曰[2]：“我何如卿第七叔[3]？”于时宾客为之咽气[4]。王徐徐答曰：“亡叔是一时之标[5]，公是千载之英。”一坐欢然。

【注释】

①裁：通“才”，刚刚。竟：毕，完。

②王桢之：字公干，王徽之之子。历官侍中、大司马长史。

③第七叔：指王献之。

④咽气：屏住呼吸，不敢出气，形容神色紧张。

⑤标：楷模，典范。

【点评】

臧否人物是魏晋时期的风气，但也经常有人因此而遇祸。桓玄大会宾客，当众让王桢之对自己作评价，显然是出了一道难题。所以当时宾客们都紧张得透不过气来。但王桢之机智敏捷，不慌不忙地作了得体的回答，既不得罪桓玄，又维护了叔叔的尊严，遂令满座为之喜悦。

规箴第十

东方朔偷桃图

汉武帝乳母求救东方朔

汉武帝乳母尝于外犯事[1]，帝欲申宪[2]。乳母求救东方朔[3]，朔曰："此非唇舌所争，尔必望济者[4]，将去时，但当屡顾帝，慎勿言，此或可万一冀耳。"乳母既至，朔亦侍侧，因谓曰："汝痴耳！帝岂复忆汝乳哺时恩邪？"帝虽才雄心忍，亦深有情恋，乃凄然愍之[5]，即敕免罪。

【注释】

①汉武帝：刘彻（前156－前87），景帝子，在位五十四年。

②申宪：依法惩办。

③东方朔（前154－前93）：字曼倩，西汉平原厌次（今山东惠民东）人。武帝时拜郎中，性诙谐滑稽。

④济：救助。

⑤愍（mǐn）：怜悯。

东方朔像（年画）

【点评】

据《史记·滑稽列传》，实则乳母求救于郭舍人，而非东方朔，故知本文系误植所致。不过这则故事也说明，以情动人，远胜于苍白无力的语言。

京房论君王

京房与汉元帝共论[1]，因问帝："幽、厉之君何以亡[2]？所任何人？"答曰："其任人不忠。"房曰："知不忠而任之，何邪？"曰："亡国之君各贤其臣，岂知不忠而任之？"房稽首曰[3]："将恐今之视古，亦犹后之视今也。"

【注释】

①京房（前77－前37）：西汉今文易学《京氏学》的开创者。本姓李，字君明，东郡顿丘（今河南清丰西南）人。元帝时立为博士，屡次

上疏，以灾异推论时政得失，因劾奏石显等专权，出为魏郡太守，不久下狱死。汉元帝：刘奭（前75－前33），汉宣帝子。

②幽、厉之君：周幽王和周厉王，均为无道昏君。幽王荒淫，为犬戎所杀，厉王暴虐，为国人所逐。

③稽（qǐ）首：古时一种最恭敬的跪拜礼，叩头到地。

【点评】

汉元帝亲信重用宦官与外戚，使朝政陷于混乱。京房借古喻今，直问元帝幽、厉之君何以任人不忠，并警示元帝不要重蹈覆辙。可惜元帝仍沉迷不悟，西汉王朝也由鼎盛走向衰落。

孙皓问陆凯

孙皓问丞相陆凯曰[①]："卿一宗在朝有几人？"陆曰："二相、五侯、将军十馀人。"皓曰："盛哉！"陆曰："君贤臣忠，国之盛也；父慈子孝，家之盛也。今政荒民弊，覆亡是惧，臣何敢言盛！"

孙皓降晋

【注释】

①孙皓：三国吴末代君主。陆凯：字敬风，吴郡吴（今江苏苏州）人。与陆逊同族，官至左丞相。

【点评】

孙皓是三国吴的末代皇帝，为政暴虐，而陆凯则敢于直谏，指出了政荒民弊的现实。可惜忠言逆耳，孙皓没有因此而改变。同时，孙皓也因顾忌陆氏宗族的强盛而不敢加害于他。

晋武帝不悟太子之愚

晋武帝既不悟太子之愚，必有传后意[①]，诸名臣亦多献直言。

帝尝在陵云台上坐[②]，卫瓘在侧[③]，欲申其怀[④]，因如醉跪帝前，以手抚床曰："此坐可惜！"帝虽悟，因笑曰："公醉邪？"

【注释】

①传后意：指武帝准备死后将帝位传给太子的心意。

②陵云台：台名，故址在今河南洛阳东。

③卫瓘：卫玠的祖父，字伯玉，河东安邑人。仕晋，官尚书令、太保。晋惠帝时，为贾后和楚王玮所陷，被杀。

④怀：想法，心意，指规劝武帝废太子之意。

【点评】

卫瓘借酒装醉，劝谏晋武帝要好好考虑继位者的人选问题。武帝虽明其意，可惜心意已决，所以没有为其所动。不过武帝倒也大度，对卫瓘的不敬只是一笑了之。

阿堵物

王夷甫雅尚玄远[①]，常嫉其妇贪浊，口未尝言"钱"字。妇欲试之，令婢以钱绕床，不得行。夷甫晨起，见钱阂行[②]，呼婢曰："举却阿堵物[③]！"

【注释】

①玄远：指超凡脱俗的境界。

②阂(hé)：阻碍，阻隔。

③举却：拿掉。阿堵：这个，六朝人口语。

【点评】

史载王衍家中资财堆积如山，这自然是其妻聚敛所得，不过王衍对其妻的所为也感到不满，以致绝口不提钱字。"阿堵物"之谓后遂成为钱的代称。

谢鲲为豫章太守

谢鲲为豫章太守，从大将军下至石头[①]。敦谓鲲曰："余不得复

为盛德之事矣[②]！”鲲曰：“何为其然？但使自今已后，日亡日去耳[③]。”敦又称疾不朝，鲲谕敦曰：“近者明公之举，虽欲大存社稷[④]，然四海之内，实怀未达[⑤]。若能朝天子，使群臣释然，万物之心[⑥]，于是乃服。仗民望以从众怀，尽冲退以奉主上[⑦]，如斯则勋侔一匡[⑧]，名垂千载。”时人以为名言。

【注释】

①大将军：王敦。

②“不得复为盛德”句：指不再为皇上效力。

③日亡日去：指时间一天又一天过去，渐渐忘记君臣之间不愉快之事。

④大存：用力保存。

⑤实怀：实际用意。怀，本怀，用意，心意。

⑥万物：指万人、众人。

⑦冲退：谦和退让。

⑧侔(móu)：相等。一匡：指辅佐王室，匡扶天下。

【点评】

晋元帝永昌元年(322)，王敦起兵攻入石头城，杀戮大臣，自为丞相。谢鲲被逼随军。二人对话时，王敦暴露其无君之心，谢鲲则以大义劝之，认为应学管仲，安社稷，朝天子，顺民心，使国家安定统一，从而名垂青史，不应斤斤计较个人的恩怨得失。一番话可谓大义凛然，所以赢得了时人的赞誉。

张闿私作都门

元皇帝时，廷尉张闿在小市居[①]，私作都门[②]，蚤闭晚开，群小患之[③]，诣州府诉，不得理；遂至挝登闻鼓[④]，犹不被判。闻贺司空出[⑤]，至破冈[⑥]，连名诣诉。贺曰：“身被征作礼官，不关此事。”群小叩头曰：“若府君复不见治，便无所诉。”贺未语。令且去，见张廷尉当为及之。张闻，即毁门，自至方山迎贺[⑦]。贺出见，辞之曰：“此不必见关，但与君门情[⑧]，相为惜之。”张愧谢曰：“小人有如此，始不即知，蚤已毁坏。”

【注释】

①张闿:字敬绪,丹阳(今江苏南京)人。

②都门:指小集市的总门。

③群小:指普通百姓。

④挝(zhuā):击。登闻鼓:始于魏晋之间,即帝王在朝堂外悬鼓,臣民如有冤情或谏议可击鼓上闻。

魏晋画砖上的骑马出行者

⑤贺司空:贺循(260—319),字彦先,会稽山阴(今浙江绍兴)人。官至太常、左光禄大夫、司空等。

⑥破冈:水渠名。

⑦方山:山名,在江苏江宁东南。

⑧门情:指世交的情谊。贺循祖父贺齐为吴将军,张闿祖父张昭为吴相,两人颇有交情,故两家堪称世交。

【点评】

贺循处理私作都门之事相当讲究策略,既照顾到张闿的面子,又为百姓解决了问题,可谓两全其美。而张闿也能知错就改,主动拆去都门,并向贺循谢罪,也很难得。

罗含不问郡事

罗君章为桓宣武从事[①],谢镇西作江夏[②],往检校之。罗既至,初不问郡事[③],径就谢数日饮酒而还。桓公问:“有何事?”君章云:“不审公谓谢尚何似人?”桓公曰:“仁祖是胜我许人。”君章云:“岂有胜公人而行非者?故一无所问。”桓公奇其意而不责也。

【注释】

①罗君章:罗含,字君章,桂阳枣阳(今属湖南)人。有文才,官至廷尉、长沙相。桓宣武:桓温。从事:官名,刺史僚属。

②谢镇西：谢尚。江夏：郡名，治所在安陆（今湖北云梦）。

③初：从来，丝毫。

【点评】

史载“谢尚与含为方好之好”，指两人之友好超乎世俗之外，可知罗含对谢尚有相当的了解，所以他饮酒数日而回，一点儿都不去过问谢尚为政之事。

桓玄好猎

桓南郡好猎[①]，每田狩，车骑甚盛，五六十里中，旌旗蔽隰[②]，骋良马，驰击若飞，双甄所指[③]，不避陵壑。或行陈不整，麏兔腾逸[④]，参佐无不被系束[⑤]。桓道恭[⑥]，玄之族也，时为贼曹参军[⑦]，颇敢直言。常自带绛绵绳著腰中[⑧]，玄问：“此何为？”答曰：“公猎，好缚人士，会当被缚，手不能堪芒也。”玄自此小差[⑨]。

【注释】

①桓南郡：桓玄。

②隰(xí)：低温的地方，泛指原野。

③双甄：左翼右翼，合称双甄。

④麏(jūn)：獐子。

⑤系束：捆绑。

⑥桓道恭：字祖猷，官淮南太守，桓玄篡位时，官江夏相。

⑦贼曹参军：军府中掌管盗贼事务的属官。

⑧绛(jiàng)：深红色。

⑨小差(chài)：略有好转。

【点评】

桓玄打猎时稍不称心，即捆绑部下，同族人桓道恭巧妙进谏，才使其专横暴戾之态稍有收敛。所以，劝人之过不仅仅需要正直和真诚，更需要技巧和辞令，不同的方法往往会带来不同的效果。

捷悟第十一

苏武牧羊图

杨脩为魏武主簿

杨德祖为魏武主簿①，时作相国门，始构榱桷②，魏武自出看，使人题门作"活"字，便去。杨见，即令坏之。既竟，曰："'门'中'活'，'阔'字，王正嫌门大也③。"

【注释】

①杨德祖：杨脩（175—219），字德祖，东汉末弘农华阴（今属陕西）人。曹操为丞相时，辟为主簿，有才学，为曹操所忌，被杀。

②榱桷（cuījué）：椽子，屋椽。

③王：曹操，因被封爵为魏王，故称。

【点评】

杨脩的思虑与聪慧超乎常人，这对他来说并非好事，反而引来杀身之祸。曹操的心思一般让人难以捉摸，杨脩偏偏能够揣摩透，但越是如此，就越为曹操所忌，最终被杀。

曹操自叹不及杨脩

魏武尝过曹娥碑下①，杨脩从。碑背上见题作"黄绢幼妇，外孙齑臼"八字②，魏武谓脩曰："解不？"答曰："解。"魏武曰："卿未可言，待我思之。"行三十里，魏武乃曰："吾已得。"令脩别记所知。脩曰："黄绢，色丝也，于字为'绝'；幼妇，少女也，于字为'妙'；外孙，女子也，于字为'好'；齑臼，受辛也③，于字为'辞'④：所谓'绝妙好辞'也。"魏武亦记之，与脩同，乃叹曰："我才不及卿，乃觉三十里⑤。"

【注释】

①曹娥碑：曹娥，上虞（今属浙江）人。其父曹盱被水淹死，十四岁的曹娥为寻父尸，投江而死。县令悲怜孝女，命弟子邯郸淳撰文，为之立碑。

②齑（jī）：切（捣）成细末的腌菜。

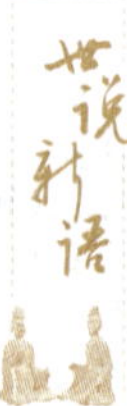

③受辛：古时用石臼舂菜时，常加大蒜等辛辣的佐料，故谓之“受辛”。
④辤：异体字作“受辛”。
⑤觉：通“较”，相差之意。

【点评】

曹操和杨脩二人同时看到曹娥碑上留下的字谜，杨脩立即明白其意，而曹操直等走了三十里地才明白过来，所以连曹操都感叹自己的才思不及杨脩。

据载，《曹娥碑》上的字谜为蔡邕所题。

桓温恶郗愔居兵权

郗司空在北府[1]，桓宣武恶其居兵权。郗于事机素暗[2]，遣笺诣桓：“方欲共奖王室[3]，修复园陵。”世子嘉宾出行[4]，于道上闻信至，急取笺，视竟，寸寸毁裂，便回。还更作笺，自陈老病不堪人间[5]，欲乞闲地自养。宣武得笺大喜，即诏转公督五郡、会稽太守。

【注释】

①郗司空：郗愔（yīn），字方回，郗鉴之长子，历官会稽内史、侍中、司徒。死后赠司空。北府：指军府所在地京口。当时郗超兼任徐、兖二州刺史，徐州刺史移镇京口，故称京口为北府。
②事机：指事势机巧。暗：不明。
③奖：指辅助。
④世子：诸侯的嫡长子。郗愔袭爵南昌郡公，故其长子称世子。嘉宾：郗超，小字嘉宾。
⑤人间：指世事，担任官职。

【点评】

桓温对握有兵权的郗愔是颇为忌讳的，偏偏郗愔对于政治权谋一向糊涂，所谓“方欲共奖王室，修复园陵”之语只能招来桓温更大的猜忌。所以时任桓温参军的郗超看到父亲的信后，便立即改写，这才帮父亲逃过一劫。

夙惠第十二

昭君出塞图

陈纪、陈谌炊饭成糜

宾客诣陈太丘宿，太丘使元方、季方炊。客与太丘论议，二人进火，俱委而窃听[①]，炊忘著箄[②]，饭落釜中。太丘问："炊何不馏[③]？"元方、季方长跪曰："大人与客语，乃俱窃听，炊忘著箄，饭今成糜[④]。"太丘曰："尔颇有所识不[⑤]？"对曰："仿佛志之。"二子俱说，更相易夺[⑥]，言无遗失。太丘曰："如此，但糜自可，何必饭也！"

魏晋墓壁画砖上的烧饭女子

【注释】

①委：舍弃，抛开。

②著箄（bì）：放置蒸饭用的竹制盛器。

③馏：指先将米下水煮，再捞出来蒸熟。

④糜：粥。

⑤识（zhì）：记住。

⑥易夺：订正补充。

【点评】

陈寔叫儿子陈纪、陈谌烧火做饭，结果两人烧上火后就去偷听，蒸饭时忘了放上竹箄，饭全都掉落在了蒸锅里，煮成了粥。陈寔也算是开明，见两个儿子聪慧过人，就没有加以责罚，最后那句话也颇有幽默感。

何晏画地为庐

何晏七岁，明惠若神，魏武奇爱之。因晏在宫内[①]，欲以为子。晏乃画地令方[②]，自处其中。人问其故，答曰："何氏之庐也。"魏武知之，即遣还。

【注释】

①因晏在宫内：何晏父死后，曹操娶何晏母尹氏为夫人，故何晏长

于宫中。

②画地令方：在地上画成方形。

【点评】

何晏年仅七岁，即不愿攀附曹操，通过画地为方处身其中的办法，寓示自己是何家人。曹操虽有认其为子的想法，也只得作罢。

晋明帝有夙惠

晋明帝数岁，坐元帝膝上。有人从长安来，元帝问洛下消息[①]，潸然流涕。明帝问何以致泣，具以东渡意告之[②]。因问明帝："汝意谓长安何如日远？"答曰："日远。不闻人从日边来，居然可知[③]。"元帝异之。明日，集群臣宴会，告以此意，更重问之。乃答曰[④]："日近。"元帝失色曰："尔何故异昨日之言邪？"答曰："举目见日，不见长安。"

【注释】

①洛下：指洛阳，西晋京城。

②东渡：指西晋灭亡，司马睿东渡，在建康（今江苏南京）重建政权，史称东晋。

③居然：显然。

④乃：竟。

【点评】

明帝只有几岁的时候就已经聪颖过人，他回答有关长安与日之远近的话是颇有寓意的。东渡之后，对北方故乡的思念之情弥漫在士人阶层之中，连元帝问起洛阳消息时也是潸然泪下。明帝所谓"举目见日，不见长安"，显然是他也受到了感染，情不自禁地流露出了浓郁的乡愁。

韩康伯数岁知孝亲

韩康伯数岁[①]，家酷贫，至大寒，止得襦[②]。母殷夫人自成之，令康伯捉熨斗，谓康伯曰："且著襦，寻作复裈[3]。"儿云："已足，不须复裈也。"母问其故，答曰："火在熨斗中而柄热，今既著襦，下亦当暖，故不须耳。"母甚异之，知为国器[4]。

魏晋人俑

【注释】

①韩康伯：韩伯。

②襦(rú)：短袄。

③复裈(kūn)：夹裤。裈，有裆的裤。

④国器：治国之才。

【点评】

只有几岁的韩伯深体母亲之艰辛，他手握熨斗，即知熨斗中有火柄即热，喻劝母亲省去缝制夹裤之劳。韩伯小小年纪即有很强的逻辑推理能力，母亲亦善于小中见大，从儿子的体贴孝亲及比喻中推知其将来必成大器。

晋孝武知摄养之术

晋孝武年十二，时冬天，昼日不著复衣[1]，但著单练衫五六重[2]，夜则累茵褥[3]。谢公谏曰[4]："圣体宜令有常。陛下昼过冷，夜过热，恐非摄养之术[5]"。帝曰："昼动夜静。"谢公出，叹曰："上理不减先帝[6]。"

【注释】

①复衣：夹衣。

②单练衫：单层白绢上衣。练，白色熟绢。

③累：重叠。茵褥：垫褥。

④谢公：谢安。

⑤摄养：调理保养。

⑥理：指玄理。先帝：指简文帝。

【点评】

晋孝武帝“昼动夜静”之语合乎玄理，所以谢安认为他对玄理的领悟能力不亚于先帝。其实孝武帝只是一个昏君而已，不久即“溺于酒色，殆为长夜之饮”，后为宠姬张贵人害死。

桓玄哭丧酸感旁人

桓宣武薨[①]，桓南郡年五岁[②]，服始除[③]，桓车骑与送故文武别[④]，因指语南郡：“此皆汝家故吏佐。”玄应声恸哭，酸感傍人[⑤]，车骑每自目己坐曰：“灵宝成人[⑥]，当以此坐还之。”鞠爱过于所生[⑦]。

【注释】

①薨(hōng)：指高品级官员之死。

②桓南郡：桓玄。

③服：丧服。

④桓车骑：桓冲(328—384)，字幼子，桓温弟，官至车骑将军。送故：指送丧。

⑤酸：悲痛。

⑥灵宝：桓玄小字。

⑦鞠爱：抚育爱护。

【点评】

桓玄年仅5岁，即知守孝之道，临丧哀痛，真情流露，令人为之动容，所以桓冲认为他是个可塑之才，对他视同己出。

豪爽第十三

婕妤挡熊图

王敦击鼓豪气干云

王大将军年少时[1]，旧有田舍名[2]，语音亦楚[3]。武帝唤时贤共言伎艺事，人皆多有所知，唯王都无所关，意色殊恶[4]。自言知打鼓吹，帝令取鼓与之。于坐振袖而起，扬槌奋击，音节谐捷[5]，神气豪上[6]，傍若无人，举坐叹其雄爽。

【注释】

①王大将军：王敦。

②田舍：乡巴佬，指土里土气。

③楚：北方士人鄙视外郡，称方言为楚。

④意色：表情神色。

⑤谐捷：和谐敏捷。

⑥豪上：豪迈向上。

【点评】

王敦年轻时就有乡巴佬的名声，说话也带着方言。但其为人豪迈，当众表演击鼓时，不但音节和谐敏捷，而且豪气冲天，旁若无人，英姿勃发之态为时人所叹服。

王敦荒恣于色

王处仲[1]，世许高尚之目[2]，尝荒恣于色[3]，体为之弊[4]。左右谏之，处仲曰："吾乃不觉尔，如此者甚易耳！"乃开后阁[5]，驱诸婢妾数十人出路，任其所之，时人叹焉。

【注释】

①王处仲：王敦。

②许：赞许。目：品评，评价。

③荒恣：放纵。

④弊：疲困。

魏晋墓壁画墓主生活图

⑤后阁(gé):后阁小楼,女子妾妇所居。阁,"阁"的异体字。

【点评】

王敦曾经纵情于声色,以致精神萎靡身体困顿。在左右的劝谏下,王敦有所醒悟,于是打开后阁小楼,把几十个妾婢都赶上路,任凭她们自生自灭。这样的举动出人意表,也同王敦的性格有关。

庾翼誓师

庾稚恭既常有中原之志[①],文康时[②],权重未在己。及季坚作相[③],忌兵畏祸,与稚恭历同异者久之[④],乃果行。倾荆、汉之力,穷舟车之势,师次于襄阳,大会参佐[⑤],陈其旌甲,亲授弧矢曰:"我之此行,若此射矣!"遂三起三叠[⑥]。徒众属目,其气十倍。

【注释】

①庾稚恭:庾翼(305—345),字稚恭,庾亮之弟,亮死,代镇武昌,任都督江荆等六州军事。有大志,以灭胡平蜀为己任。后为后赵所败,病死。

②文康:庾亮的谥号。

③季坚:庾冰(296—344),字季坚,颍川鄢陵(今河南鄢陵西北)人,庾亮之弟,以外戚显贵,继王导为相。

④同异:偏义复词,偏指差异。

⑤参佐：下属。

⑥三起三叠：指三发三中。起，古时以发射为起。叠，指击鼓。古时阅兵射箭中的以击鼓为号。

【点评】

庾亮与弟庾冰、庾翼都是力主收复中原的大将。庾翼倾尽荆州地区和汉水流域的全力，发动所有车船，驻扎在襄阳，大会部属，陈列旗帜，亲自拿起弓箭三发三中，士气也因此倍受鼓舞。

桓温平蜀

桓宣武平蜀，集参僚置酒于李势殿，巴、蜀缙绅莫不来萃[①]。桓既素有雄情爽气，加尔日音调英发[②]，叙古今成败由人，存亡系才。其状磊落[③]，一坐叹赏。既散，诸人追味馀言。于时寻阳周馥曰[④]："恨卿辈不见王大将军[⑤]。"

【注释】

①萃：会集。

②尔日：这天。英发：英武奋发。

③磊落：形容人的状貌英武、气概不凡的样子。

④周馥：字湛隐，曾为王敦的属官，寻阳（今江西九江）人。

⑤恨：遗憾。王大将军：王敦。

魏晋双层甲胄骑马俑

【点评】

桓温本来就有雄壮豪爽的气概，集会时说话的音调更是英武奋发，谈论古往今来的成败取决于人、人才的优劣关系到国家的存亡等等。桓温英武的外貌、不凡的气概让人回味无穷。但是曾为王敦属官的周馥，认为王敦的气概更在桓温之上。

桓石虔勇猛盖世

桓石虔[1]，司空豁之长庶也[2]，小字镇恶。年十七八，未被举[3]，而童隶已呼为镇恶郎。尝住宣武斋头。从征枋头[4]，车骑冲没陈[5]，左右莫能先救。宣武谓曰："汝叔落贼，汝知不？"石虔闻之，气甚奋。命朱辟为副[6]，策马于数万众中，莫有抗者，径致冲还[7]，三军叹服。河朔后以其名断疟。

【注释】

①桓石虔：小字镇恶，桓温之侄。官至预州刺史。

②司空豁：桓豁，字朗子，桓温之弟。官征西大将军。长庶：指庶出的长子。

③举：指正式承认身份地位。当时看重门第，并严分长庶。庶出者须经其父正式承认方能确立身份。

④枋头：地名，在今河南浚县西南。

⑤车骑冲：桓冲，曾任车骑将军，故称。没陈：指陷入敌阵。

⑥朱辟：桓石虔的副将。

⑦径：直接。致：招引。

【点评】

有关桓石虔跃马敌阵，如入无人之境，于千军万马之中救出桓冲，其情节颇类于《三国演义》赵子龙之救幼主，而其威猛之态当可想见。难怪河朔地区的民众后来即用他的名字来驱逐疟疾鬼。

容止第十四

武侯高卧图

曹操捉刀

魏武将见匈奴使，自以形陋，不足雄远国[①]，使崔季珪代[②]，帝自捉刀立床头。既毕，令间谍问曰："魏王何如？"匈奴使答曰："魏王雅望非常，然床头捉刀人，此乃英雄也。"魏武闻之，追杀此使。

曹操大宴铜雀台（年画）

【注释】

①雄：称雄，威慑。

②崔季珪：崔琰，字季珪，东武城（今山东武城西）人，眉目疏朗，鬓长四尺，很有威仪，连曹操也敬畏他。后崔琰被曹操赐死。

【点评】

本文写曹操与崔琰换位的故事，纯系小说家之言。大约因为崔琰相貌堂堂，而曹操尽管气质不凡却是貌不惊人的五短身材，于是便有了这则故事，也因此有了"捉刀"的典故。

何晏美姿仪

何平叔美姿仪[①]，面至白。魏明帝疑其傅粉[②]，正夏月，与热汤饼[3]。既啖，大汗出，以朱衣自拭，色转皎然[4]。

【注释】

①何平叔：何晏。

②傅粉：搽粉。

③汤饼：指汤面。

④皎然：洁白的样子。

【点评】

魏晋时士子们喜好以粉敷面，魏明帝见何晏面白肤洁，便以为他搽了粉，于是以请吃热汤面来试他，结果何晏在拭汗之后脸色更加洁白了。何晏在当时以面白有姿容而著名。

嵇康风姿特秀

嵇康身长七尺八寸，风姿特秀。见者叹曰："萧萧肃肃[1]，爽朗清举[2]。"或云："肃肃如松下风[3]，高而徐引[4]。"山公曰[5]："嵇叔夜之为人也，岩岩若孤松之独立[6]；其醉也，傀俄若玉山之将崩[7]。"

【注释】

①萧萧肃肃：形容风度潇洒严整的样子。

②清举：清高脱俗的样子。

③肃肃：形容风声畅快有力的样子。

④高而徐引：高远而绵长。

⑤山公：山涛。

⑥岩岩：高大威武的样子。

⑦傀(guī)俄：通"巍峨"，山高峻的样子。

【点评】

本文描写嵇康风貌仪容之特秀，并通数人之口极赞其姿容风度，用多种比喻形容其气质之不同凡响。说明魏晋时期士人非常注重仪容姿态，并将其视为体现名士风度的一个重要方面。

左思貌丑

潘岳妙有姿容，好神情[①]。少时挟弹出洛阳道[②]，妇人遇者，莫不连手共萦之[③]。左太冲绝丑[④]，亦复效岳游遨。于是群妪齐共乱唾之，委顿而返[⑤]。

【注释】

①神情：神态风度。

②弹：弹弓。

③萦：围绕。

④左太冲：左思。

⑤委顿：疲乏困顿。

【点评】

潘岳因貌美而为妇人围观，左思因貌丑而为群妪乱唾，可见魏晋时期妇女们对美丑的爱憎有着非常直接的表露，可以任意宣泄而没有什么拘束。还有类似的记载，谓老妪以果掷潘岳，岳满载而归；张载极丑，出行时小儿以瓦石投之。

看杀卫玠

卫玠从豫章至下都[①]，人久闻其名，观者如堵墙[②]。玠先有羸疾[③]，体不堪劳，遂成病而死。时人谓"看杀卫玠"。

【注释】

①豫章：郡名，治所在今江西南昌。下都：指东晋都城建康，相对于西晋都城洛阳（称上都）而言。

②堵墙：墙壁，比喻人多而密集。

③羸（léi）疾：瘦弱多病。

【点评】

卫玠的姿容甚美,被称为"璧人"、"玉人"、"明珠",好言玄理,闻者无不叹服。可惜他身体病弱,至京城时被围观,体力不支,致被看杀,年仅二十七岁。

庾亮登南楼

庾太尉在武昌[①],秋夜气佳景清,使吏殷浩、王胡之之徒登南楼理咏[②]。音调始遒[③],闻函道中有屐声甚厉[④],定是庾公。俄而率左右十许人步来,诸贤欲起避之,公徐云:"诸君少住,老子于此处兴复不浅。"因便据胡床与诸人咏谑[⑤],竟坐甚得任乐。后王逸少下[⑥],与丞相言及此事[⑦],丞相曰:"元规尔时风范不得不小颓[⑧]。"右军答曰:"唯丘壑独存[⑨]。"

【注释】

①庾太尉:庾亮。

②王胡之:字修龄,琅邪临沂(今属山东)人,王廙之子。年轻时即有声誉。官吴兴太守、司州刺史等。理咏:调理音律,吟诵诗歌。

③遒(qiú):强劲有力。

④函道:楼梯。厉:迅疾。

⑤胡床:古代由胡地传入的折叠椅。

⑥下:指从上游武昌到下游建康。

⑦丞相:王导。

⑧元规:庾亮字元规。风范:风度气派。颓:减弱。

⑨丘壑:指高雅的情趣。

【点评】

庾亮上楼时的脚步声,已让人有闻其声如见其人的感觉,及至登高吟咏说笑,更显示出潇洒的气派和儒雅的气度。史称其坦率行己、性好老庄,所以当随着岁月的流逝,当年的风度和气派有所减退时,王羲之还是认为他依然保持着高雅的情趣。

自新第十五

孔明出山图

周处知耻而后勇

周处年少时[①]，凶强侠气[②]，为乡里所患。又义兴水中有蛟[③]，山中有邅迹虎[④]，并皆暴犯百姓。义兴人谓为“三横”，而处尤剧。或说处杀虎斩蛟，实冀三横唯馀其一。处即刺杀虎，又入水击蛟。蛟或浮或没，行数十里。处与之俱，经三日三夜，乡里皆谓已死，更相庆。竟杀蛟而出，闻里人相庆，始知为人情所患，有自改意。乃入吴寻二陆[⑤]，平原不在[⑥]，正见清河[⑦]，具以情告，并云：“欲自修改，而年已蹉跎，终无所成。”清河曰：“古人贵朝闻夕死[⑧]，况君前途尚可。且人患志之不立，亦何忧令名不彰邪？”处遂改励[⑨]，终为忠臣孝子。

周处像

【注释】

①周处：字子隐，义兴（今江苏宜兴）人。官至御史中丞。

②侠气：指意气用事。

③义兴：郡名，西晋时治所在阳羡县（今江苏宜兴）。蛟：鳄鱼。古人神化为蛟龙类动物。

④邅（zhān）迹虎：跛足的老虎。

⑤入吴：到吴郡。二陆：陆机、陆云。陆机（261—303），字士衡，吴郡吴县华亭（今上海松江）人。工骈文与诗，所作《文赋》为重要的文论，后人辑有《陆士衡集》。陆云（262—303），字士龙，陆机之弟，曾任清河内史转大将军右司马等职。

⑥平原：陆机曾任平原内史，故称。

⑦正：只。清河：陆云曾任清河内史，故称。

⑧朝闻夕死：语出《论语·里仁》：“朝闻道，夕死可矣。”

⑨改励：改过自新，努力上进。

【点评】

周处年轻时凶狠蛮横意气用事，被乡邻们当作祸害。但他一朝觉悟，知耻而后勇，终于改过自新。据记载，他在父老的鼓励下射虎搏蛟，为民除害；在太守任上，裁决了滞讼三十年的积案，使戎狄叛羌归附，收葬了无主尸骸等等，为远近称叹；最后他带兵作战，在粮绝矢尽的情况下力战而死，实现了他做"忠臣孝子"的愿望。他的事迹在历代流传甚广，被视为改恶从善、悔过自新的典型。

戴渊游侠不治行检

戴渊少时①，游侠不治行检②，尝在江、淮间攻掠商旅。陆机赴假还洛③，辎重甚盛。渊使少年掠劫，渊在岸上，据胡床指麾左右，皆得其宜。渊既神姿锋颖④，虽处鄙事，神气犹异。机于船屋上遥谓之曰："卿才如此，亦复作劫邪？"渊便泣涕，投剑归机，辞厉非常⑤。机弥重之，定交⑥，作笔荐焉。过江，仕至征西将军。

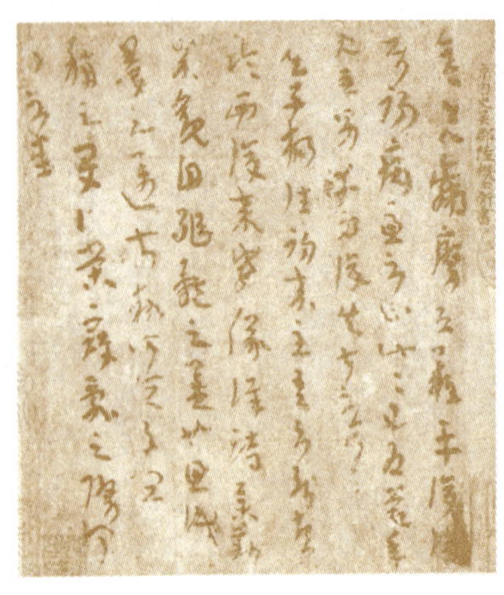
陆机《平复帖》

【注释】

①戴渊：即戴俨，字若思，广陵（今江苏淮阴西南）人，官至征西将军。

②游侠：指好交游、乐助人、重义轻生，或勇于不轨行为者。行检：品行操守。

③赴假：销假。

④锋颖：形容其神情姿态不凡，引人注目。

⑤辞厉：言辞激切。

⑥定交：结为朋友。

【点评】

戴渊年轻时一派游侠作风，不检点自己的品行操守，在江、淮一带抢劫商人旅客。陆机在遭到打劫时，对戴渊指挥若定的神情留下了深刻印象，认为是个人才，于是将他感化收纳。戴渊官至征西将军，后为王敦所害。

企羡第十六

关羽擒将图

桓彝乔装窥王导

王丞相拜司空[1]，桓廷尉作两髻、葛裙、策杖[2]，路边窥之，叹曰："人言阿龙超[3]，阿龙故自超[4]。"不觉至台门[5]。

【注释】

①王丞相：王导。

②桓廷尉：桓彝，字茂伦，谯国龙亢（今安徽怀远）人。元帝时为吏部郎，明帝时以功封万宁县男，后任宣城内史。苏峻作乱时，固守泾县，城陷遇害。葛裙：葛布做的下裳。裙，下裳。

③阿龙：王导小名赤龙，称名前加"阿"是当时的习惯，如阿平、阿大、阿戎等。超：超脱。

④故自：本来。

⑤台门：晋时以禁省为台，禁城为台城，禁城门为台门。

【点评】

王导官拜司空时，桓彝化了装混到人堆里偷看，当看到王导超然脱俗的风度时，情不自禁地为之倾倒，竟跟到了台门，企羡之情溢于言表。

王羲之有欣色

王右军得人以《兰亭集序》方《金谷诗序》[1]，又以己敌石崇[2]，甚有欣色。

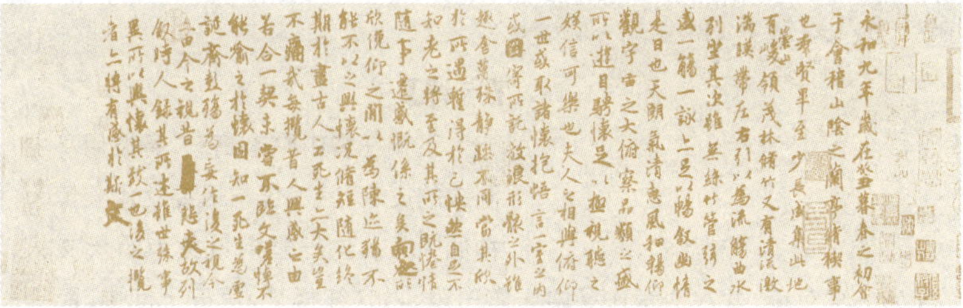

王羲之《兰亭集序》

【注释】

①王右军：王羲之。《兰亭集序》：王羲之于晋穆帝永和九年(353)三月三日与谢安等四十一人会于会稽山阴之兰亭，饮酒赋诗。后将这些诗作汇集起来，王羲之为之作序三百二十四字，世称《兰亭序》。方：比拟。《金谷诗序》：晋惠帝元康六年(296)，石崇、苏绍等三十人，集于石崇别庐河南金谷涧(今河南洛阳西北)为征西大将军祭酒王诩送行，游宴赋诗，各抒其怀，后编为一集，石崇为之作序。

②敌：相当，匹敌。石崇(249—300)：字季伦，渤海南皮(今属河北)人。历官散骑常侍、荆州刺史。附事贾后，为赵王伦所杀。

【点评】

石崇于西晋作《金谷诗序》，半个世纪后，王羲之于东晋作《兰亭集序》，各自记载了当时文人雅士们聚会饮酒赋诗之乐，成为中国古代文坛广为传颂的佳话！今所传《兰亭集序》法帖为唐人摹本，是不可多得的古代书法瑰宝。

王恭高舆鹤氅

孟昶未达时，家在京口，尝见王恭乘高舆①，被鹤氅裘②。于时微雪，昶于篱间窥之，叹曰："此真神仙中人！"

魏晋陶牛车

【注释】

①高舆：高大的车子。

②被：通"披"。鹤氅(chǎng)裘：用鸟羽制作的皮衣。

【点评】

王恭在雪中乘坐高车，身披用鸟羽制成的皮衣，其气度与风姿让孟昶惊为神仙中人。这一雪中景象为历代文人视为一种意境，并在文学作品中屡屡出现。如《红楼梦》第五十回中，薛宝琴在粉妆银砌似的雪地里披着凫靥裘的情景，当脱胎于此。

伤逝第十七

聘庞图

王粲好驴鸣

王仲宣好驴鸣[①]。既葬，文帝临其丧[②]，顾语同游曰："王好驴鸣，可各作一声以送之。"赴客皆一作驴鸣[③]。

【注释】

①王仲宣：王粲（177—217）字仲宣，山阳高平（今山东邹城西南）人。先依刘表，未得重用，后为曹操幕僚，官侍中。学识溥洽，以诗、赋著称。

②文帝：魏文帝曹丕。

③赴客：送葬的客人。

王粲登楼

【点评】

据《后汉书·逸民传》记载，戴良因其母喜欢驴鸣，便经常学驴鸣以悦之。可见好驴鸣在当时并不鲜见。王粲也喜欢驴的叫声，他去世后，曹丕为了表示哀悼，便让赴丧的人都学了一声驴鸣。这个故事生动地反映了魏晋士人不拘礼法，溺于真情的风气。

黄垆之叹

王濬冲为尚书令[①]，著公服，乘轺车[②]，经黄公酒垆下过[③]。顾谓后车客："吾昔与嵇叔夜、阮嗣宗共酣饮于此垆[④]。竹林之游[⑤]，亦预其末[⑥]。自嵇生夭、阮公亡以来，便为时所羁绁[⑦]。今日视此虽近，邈若山河[⑧]。"

【注释】

①王濬冲：王戎，字濬冲。

②轺(yáo)车：用一匹马拉的轻便马车。

③黄公酒垆：酒家名。酒垆，酒店前放置酒瓮的土台，此指酒店。

④嵇叔夜：嵇康。阮嗣宗：阮籍。

⑤竹林之游：指魏晋间嵇康、阮籍、山涛、刘伶、阮咸、向秀、王戎等人，相与交好，常宴集于竹林之下。

⑥预其末：参与末座，自谦的说法。

⑦羁绁(jīxiè)：束缚，约束。

⑧邈：遥远。

【点评】

王戎是"竹林七贤"之一，如今重游故地，不免睹物思人。诸贤均已作古，追忆往事，不胜惆怅，故有恍若隔世之叹。后即以"黄垆之叹"形容对亡友的悼念。

孙楚赴丧作驴鸣

孙子荆以有才①，少所推服，唯雅敬王武子②。武子丧时，名士无不至者。子荆后来，临尸恸哭，宾客莫不垂涕。哭毕，向灵床曰："卿常好我作驴鸣，今我为卿作。"体似真声③，宾客皆笑。孙举头曰："使君辈存，令此人死！"

魏晋陶驴

【注释】

①孙子荆：孙楚，字子荆，太原中都(今山西遥西)人。官至冯翊太守。

②雅敬：非常敬重。雅，甚，极。王武子：王济。

③体似真声：应为"体似声真"，意即模拟得体、声音逼真。

【点评】

孙楚恃才傲物，但非常敬重王济，王济之死意味着他失去了一个最值得敬重的人，所以对他打击很大。在赴丧时，孙楚不但临尸恸哭，而且不顾旁人的耻笑，学作驴鸣。这则故事和曹丕吊祭王粲时命人学驴鸣近似，充分反映出魏晋士人蔑视礼教、崇尚率真的风气。

支道林哀法虔

支道林丧法虔之后[①]，精神霣丧[②]，风味转坠[③]。常谓人曰：“昔匠石废斤于郢人[④]，牙生辍弦于钟子[⑤]，推己外求，良不虚也。冥契既逝[⑥]，发言莫赏，中心蕴结，余其亡矣！”却后一年，支遂殒。

江左名僧支遁

【注释】

①支道林：支遁。法虔：晋时僧人，支道林的同学。

②霣(yǔn)丧：坠落，指消沉、沮丧。

③风味：风采，风貌神韵。转坠：渐渐衰退。

④匠石废斤于郢人：见《庄子·徐无鬼》。谓楚国的郢人鼻尖上沾上如苍蝇翅膀一般的小污点，便让名字叫石的匠人用斧子把污点除掉。结果鼻尖上的污点斫去，鼻子一点也没有受伤，郢人若无其事地站着。匠石的技艺因此而为人所知。

⑤牙生辍弦于钟子：见《淮南子·修务》。谓春秋时楚人伯牙精于音律，鼓琴时志在高山流水，钟子期听而知之。后子期死，伯牙谓世无知音，遂绝弦破琴，终身不再鼓琴。

⑥冥契：指相互投合的知音。

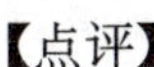

【点评】

支道林与法虔之间亲密无间、相知相契，法虔去世以后，支道林精神消沉，风貌神韵渐渐衰退。他由此感悟了匠石因郢人的去世而弃斧不用、伯牙因知音去世而不再弹琴的故事，知道知音既然已经离去，自己也将不久于人世。果然，一年后支道林就抑郁而亡。

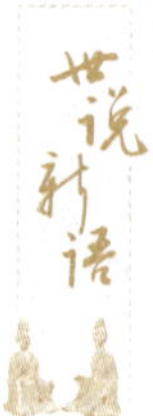

王珣哭谢安

王东亭与谢公交恶[①]。王在东闻谢丧，便出都诣子敬道[②]："欲哭谢公。"子敬始卧，闻其言，便惊起曰："所望于法护[③]。"王于是往哭。督帅刁约不听前[④]，曰："官平生在时，不见此客。"王亦不与语，直前哭，甚恸，不执末婢手而退[⑤]。

【注释】

①王东亭：王珣。谢公：谢安。

②出都：到京都，赴京都。子敬：王献之。

③法护：王珣的小名。

④刁约：督帅名，生平不详。听：允许。

⑤末婢：谢安之子谢琰，字瑗，小字末婢。官著作郎、秘书丞、侍中等。

【点评】

王、谢两家因婚姻破裂而断绝来往，但王珣对谢安的为人还是非常敬重的，所以当得知谢安去世的消息后，他还是前去吊唁，并且不顾阻拦径直到灵前哭祭。但毕竟他和谢家有过节，所以在表达了自己对谢安的哀悼之后，也不同主人握手就扬长而去了。

栖逸第十八

文姬归汉图(局部)

阮籍善啸

阮步兵啸闻数百步[①]。苏门山中[②]，忽有真人，樵伐者咸共传说。阮籍往观，见其人拥膝岩侧，籍登岭就之，箕踞相对[③]。籍商略终古[④]，上陈黄、农玄寂之道[⑤]，下考三代盛德之美，以问之，仡然不应[⑥]；复叙有为之教[⑦]，栖神导气之术[⑧]，以观之，彼犹如前，凝瞩不转[⑨]。籍因对之长啸。良久，乃笑曰："可更作。"籍复啸。意尽退。还半岭许，闻上啾然有声[⑩]，如数部鼓吹[⑪]，林谷传响。顾看，乃向人啸也。

【注释】

①阮步兵：阮籍。啸：撮口作声，即口哨。亦称"歌啸"、"吟啸"、"长啸"、"讽啸"等。

②苏门山：山名，又名苏岭、北门山，在今河南辉县。

③箕踞：一种傲慢放达的坐姿，两足伸开，状如簸箕。

④商略：商讨，评论。终古：往昔，往古。

⑤玄寂之道：指道家玄远幽寂的道理。

⑥仡（yì）然：昂首的样子。

⑦有为之教：有作为的学说，指儒家学说。

⑧栖神：凝聚心神使其不散乱。

⑨凝瞩：集中注视，目不转睛。

⑩啾（jiū）然：形容啸声。

⑪鼓吹：古代的一种器乐合奏，用鼓、钲、箫、笳等乐器演奏。

【点评】

魏晋时期啸咏非常盛行，神仙家将其视为行气修炼的养身术；名士们则视为风度、气质的体现，寓悠然独往的超逸高蹈之情，所以也多好之。阮籍即为善啸者，其啸可声闻数百步，已然不同凡响。而这位得道隐者的啸声更是出神入化，若鸾凤之音，其超凡脱俗的风骨为阮籍所折服，所以阮籍回去后就写了一篇《大人先生传》以颂之。

阮裕内足于怀

阮光禄在东山[①]，萧然无事[②]，常内足于怀。有人以问王右军，右军曰："此君近不惊宠辱，虽古之沉冥[③]，何以过此？"

【注释】

①阮光禄：阮裕。

②萧然：冷落寂寞的样子。

③沉冥：深藏不露之人，指隐士。

【点评】

《老子》："何谓宠辱若惊？宠为下。得之若惊，失之若惊，是谓宠辱若惊。"宠辱皆忘是老庄哲学所推崇的。阮裕在东山隐居时虽然冷落寂寞，但他不求名达，志存虚静，满足于追求精神世界的超然。无怪乎王羲之认为他已经超乎常人，达到了宠辱不惊的境界。

刘驎之超然物外

南阳刘驎之[①]，高率[②]，善史传，隐于阳岐[③]。于时苻坚临江[④]，荆州刺史桓冲将尽讦谟之益[⑤]，征为长史，遣人船往迎，赠贶甚厚[⑥]。驎之闻命，便升舟，悉不受所饷，缘道以乞穷乏，比至上明亦尽[⑦]。一见冲，因陈无用，翛然而退[⑧]。居阳岐积年，衣食有无，常与村人共。值己匮乏，村人亦如之，甚厚，为乡闾所安。

【注释】

①刘驎之：字子骥，南阳（今河南南阳）人。好游山水，清心寡欲，有避世隐居之志。

②高率：高尚真率。

③阳岐：村名，濒临长江，距荆州二百里。

④临江：指兵临长江。

⑤讦谟（xūmó）：宏图大计。

⑥赠贶(kuàng):赠送礼物。
⑦上明:城名,在今湖北松滋南。
⑧翛(xiāo)然:超脱自在的样子。

手持麈尾的魏晋名士

【点评】

桓冲非常尊重人才,总是竭力网罗礼聘,不少隐士都曾被其打动。但刘驎之却是一个彻底淡泊仕途之人,一心追求高蹈旷达,所以他甘于清贫,与民同苦同乐,甚至将收到的馈赠物品尽数散去,真正达到了超然物外的境界。

康僧渊在豫章

康僧渊在豫章[①],去郭数十里立精舍[②]。傍连岭,带长川,芳林列于轩庭[③],清流激于堂宇。乃闲居研讲,希心理味[④]。庾公诸人多往看之,观其运用吐纳,风流转佳[⑤]。加处之怡然,亦有以自得,声名乃兴。后不堪,遂出。

【注释】

①豫章:郡名,治在今江西南昌。
②精舍:僧人讲经修持的地方。
③轩庭:长廊庭院。
④希心:潜心,专心。理味:研究体会。
⑤转:更加。

【点评】

康僧渊的精舍风景如画,确是修行的好处所,由于庾亮等名士们出于仰慕,经常去拜访参观,使其无法静修。虽说康僧渊因为名士们的到访,名声日兴，但最终他忍受不了外来的干扰，不得不移居他处。

戴逵厉操东山

戴安道既厉操东山[①]，而其兄欲建式遏之功[②]。谢太傅曰[③]："卿兄弟志业，何其太殊？"戴曰："下官不堪其忧，家弟不改其乐。"

【注释】

①戴安道：戴逵（约326—396），字安道，谯郡铚县（今安徽宿州西南）人，后徙居会稽剡县（今浙江嵊州西南）。少博学，好谈论，善属文，能鼓琴，工书画。厉操：磨练节操，此指隐居。

②其兄：戴逵之兄戴逯，字安丘，官至大司农。式遏：典出《诗经·大雅·民劳》："式遏寇虐，憯不畏明。柔远能迩，以定我王。"后即以"式遏"指为国建功。

③谢太傅：谢安。

【点评】

戴逵擅画人物、山水、走兽，他为瓦官寺所塑之《五世佛》，与顾恺之的壁画《维摩诘像》、狮子国（斯里兰卡）送来的玉佛，在当时并称"三绝"。他性格高洁，常以琴书自娱，曾辞国子监祭酒、散骑常侍的征召。戴逯所谓"不堪其忧"二句，语出《论语·雍也》："贤哉回也！一箪食，一瓢饮，在陋巷，人不堪其忧，回也不改其乐。"孔子赞弟子颜回能安贫乐道，戴逯则用以表示自己处于贫苦境地经不起忧苦，故要出仕当官；而其弟则安贫乐道，所以隐居不仕。

贤媛第十九

赤壁赋图(局部)

陈婴之母有卓识

陈婴者[1]，东阳人。少修德行，著称乡党。秦末大乱，东阳人欲奉婴为主，母曰："不可！自我为汝家妇，少见贫贱，一旦富贵，不祥。不如以兵属人[2]，事成少受其利；不成祸有所归。"

【注释】

①陈婴：秦末东阳(今安徽天长)人。秦末起兵，为项梁将，封上柱国。项羽死，归汉。

②属：交付。

【点评】

陈婴母亲虽出身贫贱，但她为儿子剖析称王的利弊得失却是十分冷静和理智的，难怪陈婴少修德行，著称乡党，这实在与母亲贤明的教导有关。

昭君出塞

汉元帝宫人既多，乃令画工图之，欲有呼者，辄披图召之。其中常者[1]，皆行货赂。王明君姿容甚丽[2]，志不苟求，工遂毁为其状[3]。后匈奴来和，求美女于汉帝，帝以明君充行[4]。既召见而惜之，但名字已去，不欲中改，于是遂行。

【注释】

①中常：指相貌中等平常。

②王明君：王昭君，晋人为避文帝司马昭之讳，改为王明君。汉元帝时宫人，汉元帝对北方匈奴实行和亲政策，将昭君嫁给匈奴呼韩邪单于，为宁胡阏氏。

③毁为其状：作画时毁坏其容貌。

④充行：充当皇家宗室之女出嫁匈奴。

【点评】

有关王昭君嫁给匈奴单于的故事有着各种不同的传说，本文所载是流传较广的一种。王昭君不但貌美，而且有着高尚的志趣与宽广的胸怀，她的下嫁为汉朝与匈奴的和好作出了贡献，昭君出塞的故事也成为千古佳话。

《闺媛丛录》中的王昭君像

班婕妤遭谗

汉成帝幸赵飞燕[1]，飞燕谗班婕妤祝诅[2]，于是考问。辞曰[3]：“妾闻死生有命，富贵在天。修善尚不蒙福，为邪欲以何望？若鬼神有知，不受邪佞之诉；若其无知，诉之何益？故不为也。”

赵飞燕像

【注释】

①汉成帝：刘骜（前 51—前 7），字太孙。赵飞燕：原为长安宫女，善歌舞，号飞燕，后为成帝所宠幸，立为皇后。

②班婕妤：汉成帝宠姬，有文才，因遭赵飞燕谗毁失宠，退处东宫，作赋自伤。祝诅：指向鬼神祷告进行诅咒。

③辞：供辞。

【点评】

班婕妤在赵飞燕的诬陷下，能保全自己，得以善终，殊为不易。她对鬼神有知无知的阐说，体现了她的睿智，所以史料记载成帝怜之，并赐黄金百斤。

许允之妻奇丑

许允妇是阮卫尉女[①]，德如妹[②]，奇丑。交礼竟[③]，允无复入理[④]，家人深以为忧。会允有客至，妇令婢视之，还，答曰："是桓郎。"桓郎者，桓范也[⑤]，妇云："无忧，桓必劝人。"桓果语许云："阮家既嫁丑女与卿，故当有意[⑥]，卿宜察之。"许便回入内。既见妇，即欲出。妇料其此出，无复入理，便捉裾停之[⑦]。许因谓曰："妇有四德[⑧]，卿有其几？"妇曰："新妇所乏唯容尔。然士有百行[⑨]，君有几？"许曰："皆备。"妇曰："夫百行以德为首，君好色不好德，何谓皆备？"允有惭色，遂相敬重。

【注释】

①许允：字士宗，三国魏人，官至吏部郎，后为晋司马师所杀。阮卫尉：阮共，字伯彦，尉氏（今河南尉氏）人，官至卫尉卿。

②德如：阮侃，字德如，阮共之子，官至河内太守。

③交礼：指结婚时行交拜礼。

④理：指意愿。

⑤桓范：字元则，沛郡（今安徽宿县）人，官大司农。

⑥故当：必定，自然。

⑦裾：衣服前襟或后襟。

⑧四德：旧时指妇女应具备品德、言语、容仪、女功四种德行。

⑨百行：指多方面的品行。

三国蜀汉墓出土的簪花陶女俑

【点评】

许允之妻容貌虽丑，但智慧极高，识见不凡，面对丈夫以貌取人的态度，责以君子好德之义，由此赢得了丈夫的尊重。

山涛之妻效负羁之妻

山公与嵇、阮一面[①]，契若金兰[②]。山妻韩氏觉公与二人异于常交，问公，公曰："我当年可以为友者[③]，唯此二生耳。"妻曰："负羁之妻亦亲观狐、赵[④]，意欲窥之，可乎？"他日，二人来，妻劝公止之宿，具酒肉。夜穿墉以视之[⑤]，达旦忘反。公入曰："二人何如？"妻曰："君才致殊不如[⑥]，正当以识度相友耳。"公曰："伊辈亦常以我度为胜。"

【注释】

①山公：山涛。嵇：嵇康。阮：阮籍。

②契若金兰：形容彼此相投，友谊深厚。

③当年：现在。

④"负羁之妻"句：典出《左传·僖公二十三年》，指晋公子重耳遭骊姬之谗，流亡在外，到了曹国，曹大夫僖负羁妻仔细观察了他的随从狐偃、赵衰后说："吾观晋公子之从者皆足以相国，若以相，夫子必反其国。反其国，必得志于诸侯。"

⑤墉：墙。

⑥才致：才气，才情旨趣。

【点评】

山涛为"竹林七贤"之一，但是与嵇康、阮籍相比，在才气方面是有所不及的。其妻韩氏效仿春秋时期僖负羁之妻的故事，暗中进行观察，也认为嵇康和阮籍的才情远胜于山涛，所以希望山涛发挥见识和气度方面的长处和他们交游。史称韩氏有才识，确非虚语。

王济之母不重门第

王浑妻钟氏生女令淑[①]，武子为妹求简美对而未得[②]，有兵家子，有俊才，欲以妹妻之，乃白母。曰："诚是才者，其地可遗[③]，然要令我见。"武子乃令兵儿与群小杂处，使母帷中察之。既而母谓武子曰："如此衣形者，是汝所拟者非邪？"武子曰："是也。"母曰："此才足以拔萃，然地寒[④]，不有长年，不得申其才用。观其形骨，必不寿，不可与婚。"武子从之。兵儿数年果亡。

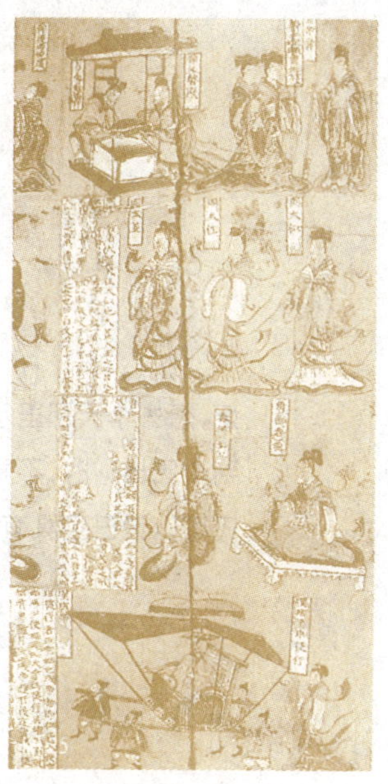
屏风漆画《列女古贤图》

【注释】

①令淑：美貌善良。

②武子：王济，字武子。简：选择。美对：好的配偶。

③地：出身门第。遗：忽略，抛开。

④地寒：门第寒微。

【点评】

魏晋时期重视门第，男女婚姻讲求门当户对。钟氏和王济轻门第重才干的态度是非常难得的，而且钟氏还重视健康的因素，当从兵家之子的外表判断出他的健康状况不佳后，便放弃了王济的选择，避免了一桩可能会造成不幸的婚姻。

贾充前妇刚介有才气

贾充前妇[①]，是李丰女[②]。丰被诛，离婚徙边，后遇赦得还。充先已取郭配女[③]，武帝特听置左右夫人[④]。李氏别住外，不肯还充舍。郭氏语充，欲就省李，充曰："彼刚介有才气[⑤]，卿往不如不去。"郭氏于是盛威仪，多将侍婢。既至，入户，李氏起迎，郭不觉脚自屈，因跪再拜。既反，语充，充曰："语卿道何物[⑥]？"

【注释】

①贾充（217—282）：字公闾，平阳襄陵（今山西襄汾东北）人。三国魏时任大将军司马，廷尉，为司马氏心腹。晋初任司空、侍中、尚书令，一女为太子妃，一女为齐王妃。

②李丰：字安国，仕至中书令，后为司马昭所杀。

③郭配：字仲南，三国魏人，官至城阳太守。

三国蜀汉墓出土的彩绘陶屋

④听：准许。
⑤刚介：刚强耿直。
⑥何物：什么。当时的口语。

【点评】

史称贾充先娶的李氏“淑美有才行”，而后娶的郭氏则“性妒忌”。郭氏仗着自己的女儿是王妃，想去李氏那里示威，虽然她刻意打扮，还带上众多的仆人，可是当她见到李氏出迎时，不觉为李氏的气质所折服，竟至心虚脚软，跪拜在地。李氏可以说已经具有了不怒自威的气质，而郭氏则只是徒有其表。

王湛求婚

王汝南少无婚[①]，自求郝普女[②]。司空以其痴[③]，会无婚处[④]，任其意便许之。既婚，果有令姿淑德。生东海[⑤]，遂为王氏母仪。或问汝南：“何以知之？”曰：“尝见井上取水，举动容止不失常，未尝忤观[⑥]，以此知之。”

【注释】

①王汝南：王湛。
②郝普：字道匡，太原襄城（今属山西）人，官洛阳太守。
③司空：指王昶，字文舒，王湛之父，官至司空。
④会：反正，终究。
⑤东海：指王承，他曾任东海郡太守，故称。
⑥忤观：指碍眼、不雅观的景象。

【点评】

王湛是有心之人，从郝氏打水时的仪容举止，知其不但容貌出色，而且性格贤淑，所以希望向郝家请婚。王家一门显宦而郝家门第孤陋，可谓门不当户不对。由于王昶认为儿子痴呆，将来可能娶不到名门之女，所以任其自由选择郝家之女。郝氏过门以后，果然不负王湛之所望，最终成为王氏家族的良母仪范。

络秀自甘为妾

周浚作安东时[①]，行猎，值暴雨，过汝南李氏。李氏富足，而男子不在。有女名络秀，闻外有贵人，与一婢于内宰猪羊，作数十人饮食，事事精办，不闻有人声。密觇之[②]，独见一女子，状貌非常，浚因求为妾。父兄不许，络秀曰："门户殄瘁[③]，何惜一女？若连姻贵族，将来或大益。"父兄从之。遂生伯仁兄弟[④]。络秀语伯仁等："我所以屈节为汝家作妾，门户计耳。汝若不与吾家作亲亲者[⑤]，吾亦不惜馀年[⑥]！"伯仁等悉从命。由此李氏在世，得方幅齿遇[⑦]。

【注释】

①周浚：字开林，汝南安成（今河南汝南）人。仕魏为扬州刺史，平吴有功，封成武侯。晋武帝时为侍中，后代王浑都督扬州诸军事，加安东将军。

②觇（chān）：看，窥视。

③殄瘁（tiǎncuì）：败落。

④伯仁兄弟：指周顗、周嵩、周谟。

⑤亲亲：亲戚。

⑥不惜馀年：不爱惜晚年，指不如死掉算了。

⑦方幅：当时口语，指正当、正式。齿遇：受到礼遇。

【点评】

络秀不仅貌美，而且从长远利益出发，甘为周浚的小妾，最终不但为自己争取到了正当的礼遇，也为李家获取了一定的社会地位。其处事之从容、办事之精细、思虑之缜密，远非普通女子所能比拟。

陶侃之母精心款客

陶公少有大志[①]，家酷贫，与母湛氏同居[②]。同郡范逵素知名[③]，举孝廉，投侃宿。于时冰雪积日，侃室如悬磬[④]，而逵马仆甚多。侃母湛氏语侃曰："汝但出外留客，吾自为计。"湛头发委地，下为二髲[⑤]，卖得数斛米[⑥]；斫诸屋柱，悉割半为薪；剉诸荐[⑦]，以为马草。日夕，遂设精食，从者皆无所乏。逵既叹其才辩，又深愧其厚意。明旦去，侃追送不已，且百里许。逵曰："路已远，君宜还。"侃犹不返。逵曰："卿可去矣。至洛阳，当相为美谈。"侃乃返。逵及洛，遂称之于羊晫、顾荣诸人[⑧]。大获美誉。

魏晋墓砖上的洗家禽图

【注释】

①陶公：陶侃。

②湛氏：陶侃之母，豫章新淦（在今江西）人。

③范逵：鄱阳（在今江西）人，闻名乡里，与陶侃友善。

④室如悬磬：形容室内空无所有，如悬挂的石磬一样。

⑤髲（bì）：假发。

⑥斛（hú）：量器名，古以十斗为斛，后又以五斗为斛。

⑦剉（cuò）：铡碎。荐：草垫。

⑧羊晫（zhuó）：历仕豫章郎中令、十郡中正。

【点评】

陶侃家庭孤贫，所以纵有抱负，在那讲究门第的时代，也难以出人头地。幸而其母湛氏贤明，颇通交际之道，所以当被荐举为孝廉的同郡人范逵来投宿时，竭力款待，赢得范逵的好感，为其延誉。从此，陶侃获得了声誉，开始踏入仕途，后来屡立战功，官至刺史、太尉，封长沙郡公，成为一代名臣。

李势之妹不为白刃动容

桓宣武平蜀[①]，以李势妹为妾[②]，甚有宠，常著斋后[③]。主始不知④，既闻，与数十婢拔白刃袭之。正值李梳头，发委藉地，肤色玉曜，不为动容。徐曰："国破家亡，无心至此，今日若能见杀，乃是本怀⑤。"主惭而退。

【注释】

①桓宣武：桓温。

②李势：成汉第二代也是最后一个国君。

③著：安置。

④主：公主，指桓温妻晋明帝女南康长公主。

⑤本怀：本愿，本意。

《女史箴图》中女子化妆场面

【点评】

李氏不仅容貌美丽，而且沉着冷静，言辞间已有凛然不可侵犯的气度，连妒忌成性的桓温妻也感到惭愧。传说桓温妻南康公主听了李氏的话以后掷刀拥抱，从此怜爱并善待李氏。

天壤王郎

王凝之谢夫人既往王氏①，大薄凝之②。既还谢家，意大不悦。太傅慰释之曰③："王郎，逸少之子④，人身亦不恶⑤，汝何以恨乃尔？"答曰："一门叔父，则有阿大、中郎⑥；群从兄弟⑦，则有封、胡、遏、末⑧。不意天壤之中，乃有王郎！"

【注释】

①谢夫人：王凝之妻谢道韫，谢安侄女。往：指嫁出去。

②薄：轻视。

③太傅：谢安。

④逸少：王羲之。

⑤人身：指人的品貌、才干等等。

⑥阿大：指谢尚。中郎：指谢安的二哥谢据。

⑦群从：指同族兄弟。

⑧封：谢韶，字穆度，小字封，官至车骑将军。胡：谢朗。遏：谢玄。末：谢渊，字叔度，小字末，官至义兴太守。

【点评】

据史书记载，王羲之一家世事五斗米道，而王凝之信之弥笃，危急之时只知入静室请祷鬼兵相助。而谢氏家族人才辈出，大多都是风流一时的名将重臣。从小见惯世面的谢道韫当然会对自己的夫婿有所不满了。“天壤王郎”后遂成为典故，寓称不合意的丈夫。

术解第二十

洛神赋图(局部)

荀勖善解音声

荀勖善解音声[①]，时论谓之闇解[②]。遂调律吕[③]，正雅乐。每至正会[④]，殿庭作乐，自调宫商[⑤]，无不谐韵。阮咸妙赏，时谓神解。每公会作乐，而心谓之不调，既无一言直勖[⑥]，意忌之，遂出阮为始平太守[⑦]。后有一田父耕于野，得周时玉尺，便是天下正尺[⑧]。荀试以校己所治钟鼓、金石、丝竹，皆觉短一黍[⑨]，于是伏阮神识。

听琴图

【注释】

①荀勖（xù）：晋时官中书监，加侍中，领著作。又掌乐事，修律吕，行于世。

②闇（àn）解：精通。

③律吕：古代乐律有阴阳十二律，阳六为律，阴六为吕，合称律吕。

④正（zhēng）会：又称元会，元旦朝会，指正月初一日皇帝朝会群臣。

⑤宫商：古以宫、商、角、徵、羽代表五个不同的音阶，此泛指五音。

⑥既：竟然。直：认为正确。

⑦始平：郡名，治所在槐里（今陕西兴平）。

⑧正尺：标准尺。

⑨黍（shǔ）：古长度单位。一黍为一分，百黍为尺。

【点评】

荀勖对自己的音乐天赋极有自信，而阮咸却不予肯定，由此荀勖心怀忌恨，将阮咸调出京都。当荀勖用出土的周代玉尺来校正自己所制作的乐器时，才发现都不合标准，这才对阮咸的乐感大为佩服。

郗愔信道吞符箓

郗愔信道甚精勤[①]，常患腹内恶，诸医不可疗，闻于法开有名，

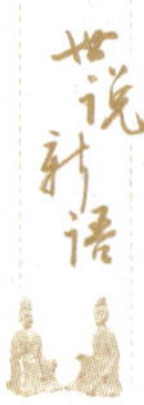

往迎之。既来，便脉云："君侯所患[2]，正是精进太过所致耳。"合一剂汤与之。一服即大下[3]，去数段许纸[4]，如拳大，剖看，乃先所服符也。

【注释】

①道：指天师道。

②君侯：对高官或士大夫的尊称。

③大下：大泻。

④去：指泻出。

【点评】

郗愔信奉天师道，而且近乎痴迷，往往有病不请医生治疗，而是服用道士所画之符箓，以致消化不了引起腹痛。幸亏于法开为之诊治，用泻药将符箓排出。

巧艺第二十一

历代帝王图·晋武帝

魏文帝擅弹棋

弹棋始自魏[①]，宫内用妆奁戏[②]。文帝于此戏特妙[③]，用手巾角拂之，无不中。有客自云能，帝使为之。客著葛巾角[④]，低头拂棋，妙逾于帝。

【注释】

①弹棋：魏晋时的一种博戏。一般为二人对局，白黑棋各六枚，先列棋相当，以手指或他物弹动己方棋子碰撞对方棋子，进而攻破对方棋门。

②用妆奁戏：指以宫女梳妆用的金钗、玉梳等放在梳妆盒上当作游戏的器具。

③文帝：魏文帝曹丕。

④葛巾：用葛布制成的头巾。

【点评】

据《西京杂记》记载："汉元帝好击鞠。为劳，求相类而不劳者，遂为弹棋之戏。"又有人认为弹棋始于汉成帝。因此，大致可推测西汉时已有弹棋之戏，而到了三国魏时更为盛行。这则故事说明当时有些玩家的技艺已经相当娴熟，甚至可以不用手也能驾驭自如。

陵云台倾覆

陵云台楼观精巧[①]，先称平众木轻重，然后造构，乃无锱铢相负揭[②]。台虽高峻，常随风摇动，而终无倾倒之理。魏明帝登台，惧其势危，别以大材扶持之，楼即颓坏。论者谓轻重力偏故也。

【注释】

①陵云台：楼台名，在河南洛阳，今不存。楼观：楼台观舍。

②锱铢（zīzhū）：指极微小的重量。负揭：指上下出入，形容建筑物的轻重等计算精确，误差极小。

【点评】

陵云台的楼台观舍设计精巧，充分展现了古人高超的建筑水平。可惜魏明帝对于建筑结构学一无所知，只是凭一己之见，画蛇添足地擅自另加支撑，导致陵云台重力失衡而倾覆，不免令人啼笑皆非！

韦诞题额白发

韦仲将能书[①]。魏明帝起殿，欲安榜[②]，使仲将登梯题之。既下，头鬓皓然，因敕儿孙勿复学书。

【注释】

①韦仲将：韦诞，字仲将。

②安榜：安放匾额。

【点评】

韦诞善书，魏之宫观匾额多为其所题。明帝营造陵霄观时，工匠们将未及题字的匾额钉上去了，所以只得用辘轳将韦诞拉到离地高达二十五丈的高空题字。韦诞大概有恐高症，竟然吓得头发都白了，比伍子胥一夜白发还来得离奇。

钟会、荀勖情好不协

钟会是荀济北从舅[①]，二人情好不协[②]。荀有宝剑，可直百万，常在母钟夫人许。会善书，学荀手迹，作书与母取剑，仍窃去不还[③]。荀勖知是钟而无由得也，思所以报之。后钟兄弟以千万起一宅，始成，甚精丽，未得移住。荀极善画，乃潜往画钟门堂[④]，作太傅形象[⑤]，衣冠状貌如平生。二钟入门[⑥]，便大感恸，宅遂空废。

【注释】

①荀济北：荀勖，晋时封济北郡公，故称。

②情好：交情，友谊。

③仍：就，于是。
④门堂：指门侧堂屋。
⑤太傅：钟繇，钟会和钟毓的父亲。
⑥二钟：指钟会和钟毓兄弟二人。

【点评】

钟会伪造书信骗取了荀勖母亲保存的价值百万的宝剑，荀勖为了报复，绘制钟会之父的图像令二钟兄弟不忍住进价值千万的新宅。这则故事虽起因于恶作剧，却也显示出他们在书法、绘画方面的技艺已达炉火纯青的地步。

钟会兵分汉中

戴逵画《南都赋图》

戴安道就范宣学[1]，视范所为，范读书亦读书，范抄书亦抄书。唯独好画，范以为无用，不宜劳思于此。戴乃画《南都赋图》，范看毕咨嗟[2]，甚以为有益，始重画。

【注释】

①戴安道：戴逵。
②咨嗟：赞叹。

【点评】

范宣是戴逵学习的榜样，但对绘画的理解方面则不如戴逵。工于书画的戴逵根据张衡的名作《南都赋》，绘成《南都赋图》，令范宣赞叹不已，终于改变了看法，对绘画予以了重视。

顾恺之好写起人形

顾长康好写起人形[1]，欲图殷荆州[2]，殷曰："我形恶[3]，不烦耳。"顾曰："明府正为眼尔。但明点童子，飞白拂其上[4]，使如轻云之蔽日。”

顾恺之像

【注释】

①写：描摹。

②殷荆州：殷仲堪。

③形恶：形象丑陋。

④飞白：中国画的一种笔法，线条枯笔露白。

【点评】

殷仲堪早年为了替父亲治病，精研医术，因不慎把汤药弄到眼睛里，结果瞎了一只眼睛。为此殷仲堪自认为面容丑陋，不愿意顾恺之为他画像。而顾恺之则巧妙地运用飞白的手法，将殷仲堪的缺陷给掩饰了。可知顾恺之的绘画艺术已从写实跨越到了写意，达到了登峰造极的境界。

传神阿堵

顾长康画人，或数年不点目精[①]。人问其故。顾曰：“四体妍蚩[②]，本无关于妙处；传神写照，正在阿堵中[③]。”

【注释】

①目精：眼中的瞳孔。

②四体：人的四肢。妍(yán)蚩：美丑。

③阿堵：这个。

【点评】

顾恺之创作人物画，为了能达到传神的地步，有时会几年都不点上眼珠。“传神阿堵”的成语正是顾恺之从自己的绘画实践中总结出来的理论。

宠礼第二十二

陆绩怀橘遗母图

元帝引王丞相登御床

元帝正会[①]，引王丞相登御床[②]，王公固辞，中宗引之弥苦[③]。王公曰："使太阳与万物同辉，臣下何以瞻仰？"

晋元帝像

王导像

【注释】

①正会：指正月初一的朝会。

②王丞相：王导。御床：皇帝的坐卧之榻。

③中宗：晋元帝的庙号。

【点评】

晋元帝能登上帝位，全赖王导的支持，故元帝于朝会时，再三要让王导共坐御榻。但王导也很有分寸，并没有忘乎所以，还是严守君臣的礼仪。

伏滔受宠若惊

孝武在西堂会[①]，伏滔预坐。还，下车呼其儿，语之曰："百人高会，临坐未得他语，先问：'伏滔何在？在此不？'此故未易得。为人作父如此，何如？"

西晋青瓷熊形尊

【注释】

①西堂：皇宫听堂名，指太极殿的西厅。

【点评】

伏滔在朝会上受到孝武帝的首先问讯，这自然要被视为莫大的宠幸，所以他回家即迫不及待地对儿子炫耀，可知其受宠若惊，无比欣喜之状。

晋画像砖上的重装甲马

任诞第二十三

临戴进东山报捷图

竹林七贤

陈留阮籍、谯国嵇康、河内山涛[①]，三人年皆相比[②]，康年少亚之。预此契者[③]，沛国刘伶、陈留阮咸、河内向秀、琅邪王戎[④]。七人常集于竹林之下，肆意酣畅，故世谓"竹林七贤"。

竹林七贤图(年画)

【注释】

①陈留：郡名，治所在陈留县(今河南开封东南)。谯国：谯郡，治所在谯县(今安徽亳县)。河内：郡名，治所在野王县(今河南沁阳县)。

②比：接近。

③预：参与。契：约会，聚会。

④沛国：沛郡，治所在相县(今安徽濉溪县)。刘伶：字伯伦，沛国(今安徽濉溪西北)人。"竹林七贤"之一。曾为建威将军，后被罢免。向秀(约227—272)：字子期，河内怀(今河南武陟西南)人。"竹林七贤"之一。官至黄门侍郎、散骑常侍。曾为《庄子》作注，未完而卒。琅邪：郡名，治所在今山东胶南诸城县一带。

【点评】

"竹林七贤"蔑视礼教的虚伪,崇尚老庄哲学,纵酒任放,愤世嫉俗,开魏晋名士旷达不羁风气之先河。所以,"竹林七贤"自古及今一直为人们所称颂,他们的事迹也多传为美谈。

阮籍遭母丧

阮籍遭母丧,在晋文王坐,进酒肉。司隶何曾亦在坐①,曰:"明公方以孝治天下,而阮籍以重丧,显于公坐饮酒食肉②,宜流之海外,以正风教。"文王曰:"嗣宗毁顿如此③,君不能共忧之,何谓?且有疾而饮酒食肉,固丧礼也④。"籍饮啖不辍,神色自若。

魏晋墓画像砖上的宴饮场面

【注释】

①何曾:字颖考,官司隶校尉。晋初,官至侍中、太保,后进位太傅。

②显:公开。

③嗣宗:阮籍,字嗣宗。毁顿:因哀伤过度而导致身体毁损,精神困顿。

④"有疾而饮酒"两句:见《礼记·曲礼上》:"居丧之礼,头有创则沐,身有疡则浴,有疾则饮酒食肉,疾止复初。不胜丧,乃比于不慈不孝。"

【点评】

阮籍借酗酒避世,以保全自己。他在为母亲服丧期间,纵情酒肉,结果遭到弹劾,但晋文帝司马昭却从《礼记》里为他找到了借口。史载阮籍因不拘礼教，礼法之士疾之若仇，而司马昭则每每保护之。

刘伶病酒

刘伶病酒[①]，渴甚，从妇求酒。妇捐酒毁器[②]，涕泣谏曰："君饮太过，非摄生之道[③]，必宜断之！"伶曰："甚善。我不能自禁，唯当祝鬼神，自誓断之耳。便可具酒肉。"妇曰："敬闻命。"供酒肉于神前，请伶祝誓。伶跪而祝曰："天生刘伶，以酒为名[④]，一饮一斛，五斗解酲[⑤]。妇人之言，慎不可听！"便引酒进肉，隗然已醉矣[⑥]。

【注释】

①病酒：饮酒过量而引起身体不适。

②捐：丢弃。

③摄生：保养身体。

④名：通"命"。

⑤酲(chéng)：酒病，醉酒后神志处于模糊状态。

⑥隗：通"颓"。

纵酒的刘伶

【点评】

在"竹林七贤"中，刘伶与阮籍都是嗜酒如命者，他所作的《酒德颂》曾咏道"唯酒是务，焉知其馀"、"无思无虑、其乐陶陶"。本文以诙谐的笔调描写了刘伶沉湎于酒的任情放诞之状，甚至把妻子的苦苦劝告都当成了耳旁风。

刘伶纵酒放达

刘伶恒纵酒放达，或脱衣裸形在屋中。人见讥之，伶曰："我以天地为栋宇，屋室为裈衣[①]，诸君何为入我裈中？"

【注释】

①裈:裤子。

【点评】

刘伶对旧礼教具有强烈的反抗精神,鲁迅就曾指出"他们七人(竹林七贤)中差不多都是反抗旧礼教的","旧传下来的礼教,竹林名士是不承认的,即如刘伶……他是不承认世界上从前规定的道理的"(《魏晋风度及文章与药及酒之关系》)。由此我们当不难理解他这种赤身裸体的行为。

阮籍邻家有美妇

阮公邻家妇有美色[①],当垆酤酒[②]。阮与王安丰常从妇饮酒[③],阮醉,便眠其妇侧。夫始殊疑之,伺察,终无他意。

阮籍像

【注释】

①阮公:阮籍。

②垆(lú):酒店前安放酒瓮的土台子,指酒肆。酤:卖。

③王安丰:王戎。

【点评】

隔壁卖酒的女子虽然貌美,但是阮籍只贪酒不贪色,他其实根本就不在乎卖酒女子是美或是丑。因此他也就毫无顾忌,喝醉了就睡在美妇身旁,一切纯乎自然,而无淫邪之念。

阮咸晒衣

阮仲容、步兵居道南[①],诸阮居道北;北阮皆富,南阮贫。七月七日,北阮盛晒衣[②],皆纱罗锦绮。仲容以竿挂大布犊鼻裈于中庭[3]，人或怪之，答曰："未能免俗，聊复尔耳！"

【注释】

①阮仲容：阮咸。步兵：阮籍。

②晒衣：古时习俗，七月初七晒衣服或书籍，以防虫蛀。

③大布：粗布。犊(dú)鼻裈：一种干杂活时穿的裤裙，无裆，形如小牛鼻。

【点评】

住在路北的阮姓人家都很富有，所以七月初七晒衣服时，挂出来的都是高档华丽的衣物。而住在路南的阮姓人家则比较贫穷，所以一般也不会在七月初七时去晒什么衣物。但是阮咸却偏偏挂出了一条粗布犊鼻裈，并称自己是"未能免俗"，也来随喜而已，实则阮咸是借此表示他对习俗的藐视。

诸阮与群猪共饮

诸阮皆能饮酒[1]，仲容至宗人闲共集[2]，不复用常杯斟酌，以大瓮盛酒，围坐，相向大酌。时有群猪来饮，直接去上，便共饮之。

【注释】

①诸阮：指阮氏同族人。

②仲容：阮咸字仲容。

【点评】

阮氏家族的人都能喝酒，连家里猪也嗜酒。阮氏家人喝酒时也是怪态百出，阮咸等人连杯子都不用，围着酒瓮痛饮，甚至还让猪一起来喝。这幅景象想来是颇为滑稽的。

阮脩杖头挂百钱

阮宣子常步行[1]，以百钱挂杖头，至酒店，便独酣畅，虽当世贵

盛，不肯诣也。

【注释】

①阮宣子：阮脩，字宣子，阮籍从子。

【点评】

阮脩不慕权贵，为人特立独行，只以饮酒为乐。他的标志性动作，就是把钱挂在手杖顶端，到酒店独自开怀畅饮，可谓洒脱不羁。

山简倒著白接篱

山季伦为荆州[①]，时出酣畅，人为之歌曰："山公时一醉，径造高阳池[②]，日莫倒载归，茗艼无所知[③]。复能乘骏马，倒著白接篱[④]，举手问葛彊[⑤]，何如并州儿？"高阳池在襄阳。彊是其爱将，并州人也。

【注释】

①山季伦：山简，字季伦。

②高阳池：池在襄阳，本为汉侍中习郁所修养鱼池，是游乐之所。山简镇襄阳时常到此饮酒，呼之为高阳池，意即酒池。高阳，酒徒代名词。

③"日莫"两句：日莫，即日暮。茗艼，即酩酊，大醉的样子。

④接篱：古代男人戴的一种帽子。

⑤葛彊：山简手下爱将，并州（约相当于今山西地区）人。

【点评】

山简作为一方重镇的长官，也是终日嗜酒，以至于时人为他编了顺口溜，来形容他的醉态，"复能乘骏马，倒著白接篱"一句最为生动形象。

江东步兵张翰

张季鹰纵任不拘[①]，时人号为"江东步兵"。或谓之曰："卿乃可纵适一时，独不为身后名邪？”答曰：“使我有身后名，不如即时一杯酒！”

【注释】

①张季鹰：张翰，字季鹰。

【点评】

张季鹰纵情嗜酒，放任不拘，所以时人把他和阮籍相提并论，称为“江东步兵”。他所谓“使我有身后名，不如即时一杯酒”，成为一时名言，对后代文人影响很大。

贺循、张翰相知己

贺司空入洛赴命[1]，为太孙舍人[2]，经吴阊门[3]，在船中弹琴。张季鹰本不相识，先在金阊亭[4]，闻弦甚清，下船就贺，因共语，便大相知说。问贺：“卿欲何之？”贺曰：“入洛赴命，正尔进路。”张曰：“吾亦有事北京[5]，因路寄载。”便与贺同发。初不告家，家追问乃知。

【注释】

①贺司空：贺循。

②太孙舍人：应是“太子舍人”之误，皇太子属官。

③吴阊门：古代吴县（今苏州）城门名。因似天门之有阊阖，故名阊门。

④金阊亭：亭名。在古吴县（今江苏苏州）阊门外。因位置在城西，又靠近阊门，故名金阊。金，五行之一，代表西方。

⑤北京：指京城洛阳。

【点评】

张翰为贺循的琴声所吸引，交谈后两人引为知己。张翰竟跟着贺循一同北上去了京城洛阳，也不跟家人打个招呼，真是任性到了极点。

祖逖鼓行劫钞

祖车骑过江时[①]，公私俭薄[②]，无好服玩[③]。王、庾诸公共就祖[④]，忽见裘袍重叠，珍饰盈列。诸公怪问之，祖曰："昨夜复南塘一出[⑤]。"祖于时恒自使健儿鼓行劫钞[⑥]，在事之人亦容而不问[⑦]。"

【注释】

①祖车骑：祖逖（266—321），字士稚，范阳遒县（今河北涞北）人。西晋末，率部曲百馀家渡江，以恢复中原为己任。元帝时为豫州刺史，率部北伐，中流击楫而誓，后忧愤而死。

②公私俭薄：公库私府都不丰裕。

③服玩：服饰玩物。

④王、庾诸公：指王导、庾亮等。

⑤南塘：地名。在东晋都城建康秦淮河南岸。一出：去一遭，到一趟。

⑥鼓行：古代行军，击鼓则进，鸣金则退。因称行进为鼓行。此指公开进行。

⑦在事之人：指负责官员。

【点评】

祖逖刚过江时公库私府都不丰裕，所以没有什么讲究的服饰玩物。为了改善这种情况，他竟然经常派人到秦淮河一带公开抢劫。而负责的官员因对祖逖有所忌惮，也只好容忍不予追究。

孔群好饮

鸿胪卿孔群好饮酒[①]，王丞相语云："卿何为恒饮酒？不见酒家覆瓿布[②]，日月糜烂？"群曰："不尔。不见糟肉乃更堪久？"群尝书与亲旧："今年田得七百斛秫米[③]，不了麴蘖事[④]。"

【注释】

①鸿胪卿：官名。掌朝贺庆吊等礼仪。孔群：字敬林，会稽山阴(今浙江绍兴)人。曾任鸿胪卿、御史中丞等职。

②瓿(bù)：古代一种瓦器。此指陶制盛酒器。

③秫(shú)米：高粱。

④麴蘖(qūniè)：酒母，即酿酒用的发酵物。这里指酿酒。

【点评】

孔群嗜酒，不但不听王导的劝告，而且每当田里收成不佳时，他关心的不是口粮不够的问题，而是担心不够酿酒用。

三日仆射

周伯仁风德雅重[①]，深达危乱。过江积年，恒大饮酒，尝经三日不醒。时人谓之“三日仆射”。

【注释】

①周伯仁：周顗。

【点评】

周伯仁因为曾经一连三日醉酒不醒，被当时人戏称为“三日仆射”。后“三日仆射”遂成为只饮酒不做事的典故。

庾冰单身奔亡

苏峻乱，诸庾逃散[①]。庾冰时为吴郡[②]，单身奔亡。民吏皆去，唯郡卒独以小船载冰出钱塘口，蘧篨覆之[③]。时峻赏募觅冰，属所在搜检甚急[④]。卒舍船市渚，因饮酒醉，还，舞棹向船曰：“何处觅庾吴郡，此中便是！”冰大惶怖，然不敢动。监司见船小装狭，谓卒狂醉，都不复疑。自送过淛江[⑤]，寄山阴魏家，得免。后事平，冰欲报卒，适其所愿。卒曰：“出自厮下[⑥]，不愿名器[⑦]。少苦执鞭[⑧]，恒患

不得快饮酒；使其酒足馀年，毕矣。无所复须。”冰为起大舍，市奴婢，使门内有百斛酒，终其身。时谓此卒非唯有智，且亦达生。

【注释】

①诸庾：庾亮等庾家诸兄弟。

②为吴郡：做吴郡内史。

③籧篨（qúchú）：用芦苇或竹篾编的粗席。

④属：嘱。所在：各处，到处。

⑤自：已然。淛江：即浙江。

⑥厮下：指地位卑微、低贱的仆役。

⑦名器：名，指爵位。器，指车服仪制。

⑧执鞭：喻供人驱使。

【点评】

庾冰大难不死，全靠手下的差役护送。而那个差役显然也是个嗜酒之人，在危急关头，都忘不了要喝个痛快，并且借酒装疯，巧妙地躲过了检查。事后当庾冰要报答时，这个差役不求为官，却只求此生不愁无酒。魏晋时期，饮酒是一种风度，是一种对人生的达观态度，难怪这个差役因此得到了时人的好评。

殷羡沉书百函

殷洪乔作豫章郡[①]，临去，都下人因附百许函书[②]。既至石头，悉掷水中，因祝曰：“沉者自沉，浮者自浮，殷洪乔不能作致书邮[③]！”

【注释】

①殷洪乔：殷羡，字洪乔，中军将军殷浩之父。仕晋，官至豫章太守、光禄勋。

②都下：京城。

③致书邮：送信的邮差。

【点评】

殷羡赴任豫章太守时，京都人都托他捎带信件，一共有上百封。殷羡不胜其烦，所以他到了石头城后，就干脆把信全都扔到了江中。如此之任性，也只有在魏晋时期才能看到。

谢尚作异舞

王长史、谢仁祖同为王公掾[①]，长史云："谢掾能作异舞。"谢便起舞，神意甚暇。王公熟视，谓客曰："使人思安丰[②]。"

【注释】

①王长史：王濛。谢仁祖：谢尚。王公：王导。掾：官署属员。

②安丰：王戎。

【点评】

谢尚自创了怪异的舞蹈，而且还能自得其乐，在众人面前舞蹈起来毫无别扭造作之感，神态自然而悠闲。这不禁让王导想起了王戎。当时王戎、谢尚都有"通任"之称。

谢尚戴孝酣宴

王、刘共在杭南[①]，酣宴于桓子野家[②]。谢镇西往尚书墓还[③]，葬后三日反哭[④]。诸人欲要之[⑤]，初遣一信[⑥]，犹未许，然已停车；重要，便回驾。诸人门外迎之，把臂便下。裁得脱帻[⑦]，著帽酣宴。半坐，乃觉未脱衰[⑧]。

【注释】

①王、刘：王濛、刘惔。杭南：即王、谢诸族所居之地。"杭"通"航"，指东晋都城建康的朱雀航。王、谢诸名族所居乌衣巷，距朱雀航不远。

②桓子野：桓伊，字叔夏，小字子野。官至护军将军。

东晋名士桓伊

③谢镇西：谢尚。尚书：指谢裒(póu)，谢安之父，字幼儒，曾官侍中、吏部尚书。

④反哭：古代丧礼，埋葬后，丧主要奉神主返于庙而哭。灵柩由庙里抬出安葬，复神主于庙，故曰反哭。

⑤要：通“邀”。

⑥信：使者。

⑦裁得：才得以，才来得及。裁，通“才”。帻(zé)：巾帻，发巾。

⑧衰(cuī)：丧服。

【点评】

谢尚还在居丧期间，王濛、刘惔等就邀请他一起去喝酒，谢尚按纳不住，欣然赴约，匆忙间只脱掉帽子，戴着发巾就喝起酒来。直至宴饮过半，才发觉连丧服都没有脱去。在这些至情至性的名士眼里，只要有酒，任何的繁文缛节都可以抛到九霄云外去。

袁耽居丧豪赌

桓宣武少家贫，戏大输[①]，债主敦求甚切。思自振之方，莫知所出。陈郡袁耽俊迈多能[②]，宣武欲求救于耽。耽时居艰[③]，恐致疑，试以告焉，应声便许，略无嫌吝。遂变服，怀布帽，随温去与债主戏。耽素有艺名，债主就局，曰：“汝故当不办作袁彦道邪[④]？”遂共戏。十万一掷，直上百万数，投马绝叫[⑤]，傍若无人，探布帽掷对人曰：“汝竟识袁彦道不？”

【注释】

①“桓宣武”两句：桓宣武，桓温。戏，博戏。晋代盛行摴蒱赌博。

②袁耽：字彦道，陈郡(治所在今河南淮阳)阳夏人。历官王导参军、历阳太守、从事中郎。

③居艰:居丧,服丧期中。
④不办作:不可能是。
⑤马:摴蒱之马。赌博时投掷,以决输赢。绝叫:大声喊叫。

【点评】

袁躭不但性格豪迈,而且多才多艺,博戏也是高手。他在居丧期间,一听说桓温想请他去帮忙博戏还债,便随口应允了,毫不迟疑。豪赌时他全神贯注,以至于大呼小叫,旁若无人。对方虽然听说过袁躭的大名,但并没有见过他本人,袁躭兴奋之馀,便从怀中掏出布帽投向对方说:"你究竟认识袁彦道不?"他的这种举动在名教之士的眼中属于失态,但在崇尚任性率真的名士眼中则属于豪放。

罗友好乞食

襄阳罗友有大韵[①],少时多谓之痴。尝伺人祠,欲乞食,往太蚤,门未开。主人迎神出见,问以非时何得在此,答曰:"闻卿祠,欲乞一顿食耳。"遂隐门侧,至晓得食便退,了无怍容[②]。为人有记功[③]:从桓宣武平蜀,按行蜀城阙观宇,内外道陌广狭,植种果竹多少,皆默记之。后宣武溧洲与简文集[④],友亦预焉。共道蜀中事,亦有所遗忘,友皆名列,曾无错漏。宣武验以蜀城阙簿,皆如其言,坐者叹服。谢公云:"罗友讵减魏阳元[⑤]。"后为广州刺史,当之镇,刺史桓豁语令莫来宿[⑥],答曰:"民已有前期,主人贫,或有酒馔之费,见与甚有旧。请别日奉命。"征西密遣人察之[⑦],至夕乃往荆州门下书佐家,处之怡然,不异胜达。在益州,语儿云:"我有五百人食器。"家中大惊,其由来清,而忽有此物,定是二百五十沓乌樏[⑧]。

【注释】

①罗友:字宅仁,襄阳(今属湖北)人。嗜酒,放达。官至襄阳太守、广益二州刺史。韵:风度,气质。
②怍容:惭愧的表情。
③记功:记忆力。

④溧洲：长江中的小洲。简文：指晋简文帝司马昱。
⑤讵：哪里，怎么。减：比……差。魏阳元：魏舒，字阳元。
⑥莫：即暮。
⑦征西：指桓豁。
⑧沓：食盒一具为一沓，犹今之言套。乌樏（lěi）：黑漆食盒。

【点评】

罗友是个极有风度气质的人，记忆力惊人，因此受到桓温的重用。但他自小就喜欢到处乞食，即便成为名士以后，还是改不了这个习惯，和下层官吏相处时怡然自得，甚至为了赴一个小吏之约，推辞了征西将军桓豁的邀请。一贯清廉的罗友，身后居然留下了250套食盒，说明他还有一个怪癖，就是每次出去吃完饭，都会把餐具带走保存起来。

王徽之夜访戴逵

王子猷居山阴[①]，夜大雪，眠觉，开室命酌酒，四望皎然。因起彷徨。咏左思《招隐》诗[②]，忽忆戴安道[③]。时戴在剡，即便夜乘小船就之。经宿方至，造门不前而返。人问其故，王曰："吾本乘兴而行，兴尽而返，何必见戴！"

【注释】

①王子猷：王徽之。
②《招隐》：共两首，描写隐士生活。
③戴安道：戴逵。

【点评】

王徽之因为失眠，半夜起来吟咏左思的《招隐》诗，感慨之馀便想到了隐居不仕的戴逵，于是夜乘坐船前去看他。船行一夜才到达，王徽之的诗兴差不多也就没有了，于是造门而不入，又从原路返回。所谓"乘兴而行，兴尽而返"，毫不拘泥于俗套。

简傲第二十四

东晋风流图(局部)

嵇康轻慢钟会

钟士季精有才理[①]，先不识嵇康，钟要于时贤俊之士[②]，俱往寻康。康方大树下锻[③]，向子期为佐鼓排[④]。康扬槌不辍，傍若无人，移时不交一言[⑤]。钟起去，康曰："何所闻而来？何所见而去？"钟曰："闻所闻而来，见所见而去。"

嵇康锻铁图

【注释】

①钟士季：钟会。才理：才思。

②要：同"邀"。

③锻：打铁。

④向子期：向秀。鼓排：拉风箱鼓风。

⑤移时：过了很久时间。

【点评】

稽康以高傲轻慢的态度对待登门拜访的钟会，使其怀恨而去，遂种下了祸根。后嵇康即被钟会借机诬陷，为司马昭所杀。

吕安讥嵇喜

嵇康与吕安善[①]，每一相思，千里命驾。安后来，值康不在，喜出户延之[②]，不入，题门上作"鳳"字而去。喜不觉，犹以为欣，故作。"鳳"字，凡鸟也[③]。

【注释】

①吕安：字仲悌，东平（今属山东）人，与嵇康、山涛等友善，后被司马昭所杀。

②喜：嵇喜，字公穆，嵇康之兄，历仕扬州刺史、太仆、宗正。

③鳳："鳳"为"凤"的繁体字，由"凡"、"鸟"二字组合而成，吕安特地

以此比喻嵇喜为凡鸟，以示轻视之意。

【点评】

史称吕安志量开旷，有拔俗风气，与嵇康、阮籍等友好交往。而嵇喜虽为嵇康之兄，却是凡俗之辈，据说阮籍曾以白眼对之，而吕安宁也不肯与之同席。吕安当着嵇喜之面写"鳳"字，讥其为凡人，而嵇喜却浑然不觉，还有点洋洋自得，可见其确实平庸。

狂司马谢奕

桓宣武作徐州[①]，时谢奕为晋陵，先粗经虚怀[②]，而乃无异常。及桓迁荆州，将西之间，意气甚笃[③]，奕弗之疑。唯谢虎子妇王悟其旨[④]，每曰："桓荆州用意殊异，必与晋陵俱西矣[⑤]。"俄而引奕为司马。奕既上，犹推布衣交。在温坐，岸帻啸咏[⑥]，无异常日。宣武每曰："我方外司马。"遂用酒，转无朝夕礼[⑦]。桓舍入内，奕辄复随去。后至奕醉，温往主许避之[⑧]。主曰："君无狂司马，我何由得相见？"

【注释】

①桓宣武：桓温。

②粗经虚怀：指略叙寒暄之意。

③意气：情义。

④谢虎子：谢据。妇王：妻子王氏。

⑤晋陵：指谢奕。

⑥岸帻：把头巾略微掀起，露出额头，形容潇洒、无拘无束的样子。

⑦朝夕礼：指早晚应有的礼节。

⑧主许：指桓温妻子南康长公主的住处。

【点评】

谢奕与桓温虽是旧交，但桓温做了他的上司后，他却还和过去一样地把桓温当做贫贱时的朋友看待，毫无拘束，甚至酒醉之后连官场上的礼节都不要了。桓温避开他进入内室，他也跟进去，逼得桓温只好逃到夫人的住处去。桓温夫人南康长公主称其为"狂司马"，一个"狂"字最能概括其放荡不羁之貌。

谢万轻慢丈人

谢中郎是王蓝田女婿[①]，尝著白纶巾[②]，肩舆径至扬州听事[③]，见王，直言曰："人言君侯痴，君侯信自痴[④]。"蓝田曰："非无此论，但晚令耳[⑤]。"

肩舆

【注释】

①谢中郎：谢万，字万名，谢安之弟。工言论，善属文。历仕豫州刺史、领淮南太守、监司豫冀并四州军事。后受任北征，战败，被废为庶人，后复为散骑常侍。王蓝田：王述。

②纶(guān)巾：古代配有青丝带的头巾。

③肩舆：一种轿子。

④信自：确实。

⑤晚令：晚年得到好名声。令，令名，美名。

【点评】

谢万是王述的女婿，但却当着他的面说他是个痴呆，可见谢万是何等轻率傲慢。而王述则毫不介意，回答说不是没有这种议论，诙谐而有气度。

王徽之责桓冲

王子猷作桓车骑骑兵参军[①]，桓问曰："卿何署？"答曰："不知何署，时见牵马来，似是马曹[②]。"桓又问："官有几马？"答曰："不问马[③]，何由知其数？"又问："马比死多少[④]？"答曰："未知生，焉知死[⑤]？"

【注释】

①王子猷(yóu):王徽之。桓车骑:桓冲。骑兵参军:官名,掌管马畜牧养,供给等事。

②马曹:管马匹的官署。

③不问马:此语借用《论语·乡党》:“厩焚。子退朝,曰‘伤人乎?’不问马。”

④比:近来,近期。

⑤“未知生”二句:语出《论语·先进》:“季路……曰:‘敢问死。’曰:‘未知生,焉知死!’”

【点评】

王徽之巧用孔子的名言来应对桓冲的提问,实际上就是指责桓冲重马而轻人,重死而轻生,表现了“卓荦不羁”(《晋书》本传)的傲态。

谢万为王恬所轻

谢公尝与谢万共出西[1],过吴郡,阿万欲相与共萃王恬许[2],太傅云[3]:“恐伊不必酬汝,意不足尔[4]。”万犹苦要[5],太傅坚不回,万乃独往。坐少时,王便入门内,谢殊有欣色,以为厚待己。良久,乃沐头散发而出,亦不坐,仍据胡床[6],在中庭晒头,神气傲迈,了无相酬对意。谢于是乃还,未至船,逆呼太傅安,安曰:“阿螭不作尔[7]!”

侍女手中的胡床

【注释】

①谢公:谢安。

②萃:聚集。王恬:字敬豫,小字螭虎。王导第二子。历仕中书郎、魏郡太守、会稽内史,死赠中军将军。

③太傅:谢安。

④不足:不值得。

⑤苦要:竭力邀请。

⑥据:即踞,坐着两腿作八字形分开。

⑦阿螭(chī):王恬的小名。不作:不足,不值得。

【点评】

王恬不拘礼法,待人傲慢,以致其父王导见恬便有怒色。谢安深知其为人,所以坚持不肯同谢万一起去造访王恬,而谢万却偏要去,结果受了冷遇,只能怏怏而回。

谢万北征

谢万北征[①],常以啸咏自高,未尝抚尉众士。谢公甚器爱万[②],而审其必败,乃俱行,从容谓万曰[③]:“汝为元帅,宜数唤诸将宴会[④],以悦众心。”万从之。因召集诸将,都无所说,直以如意指四坐云:“诸君皆是劲卒。”诸将甚忿恨之。谢公欲深著恩信,自队主将帅以下[⑤],无不身造,厚相逊谢。及万事败,军中因欲除之。复云:“当为隐士[⑥]。”故幸而得免。

【注释】

①北征:指升平二年(359)谢万与徐、兖二州刺史北伐前燕。

②谢公:谢安。

③从容:随便地。

④数:经常。

⑤队主:一队之长,长官。

⑥隐士:指谢安。当时谢安正隐居东山,尚未出仕,故称。

魏晋壁画骑射图

【点评】

谢万成名很早,史称“其才器俊秀”,曾得到其兄及王羲之的赞赏。但谢万根本不懂兵法,也不懂带兵之道,在和将士们相处时,还是用他同名士们打交道的那一套,说话傲慢而又随意。军中以“兵”与“卒”为讳,“兵”音同“殡”,“卒”意同死亡,而谢万却在不经意中犯了这个忌讳,本来想笼络部属,结果弄巧成拙,反而引起了将士们的恼怒,最终北伐也大败。幸亏谢安深得人心，谢万才没有被将士们报复。

王献之赏园

王子敬自会稽经吴[①]，闻顾辟疆有名园[②]，先不识主人，径往其家。值顾方集宾友酣燕[③]，而王游历既毕，指麾好恶[④]，傍若无人。顾勃然不堪曰："傲主人，非礼也；以贵骄人，非道也。失此二者，不足齿之，伧耳[⑤]。"便驱其左右出门。王独在舆上，回转顾望，左右移时不至[⑥]，然后令送著门外，怡然不屑[⑦]。

【注释】

①王子敬：王献之。

②顾辟疆：吴郡（今属江苏）人，官郡功曹、平北参军。

③酣燕：尽情地宴会。

④指麾：指点评论。

⑤伧（cāng）：粗俗、鄙陋之人。

⑥移时：长时间。

⑦不屑：不介意，不在乎。

【点评】

王献之的性格行为同王徽之相似，听说别人家有好东西就径直去观赏，却不去拜访问候主人。王献之甚至不顾主人家正在进行的宴会，就指指点点、评头论足。主人深感受辱，不禁大怒，把王献之的仆人都赶走，让他尴尬地一个人坐在轿子里，借以羞辱报复。但是，王献之就是这样的性格，可能平时这种情形经常碰到，所以他根本就不放心里，被逐出园子的时候还是一副若无其事的样子。

排调第二十五

王羲之玩鹅图

咄咄郎君

诸葛瑾为豫州，遣别驾到台[①]，语云："小儿知谈[②]，卿可与语。"连往诣恪[③]，恪不与相见。后于张辅吴坐中相遇[④]，别驾唤恪："咄咄郎君[⑤]。"恪因嘲之曰："豫州乱矣，何咄咄之有？"答曰："君明臣贤，未闻其乱。"恪曰："昔唐尧在上[⑥]，四凶在下[⑦]。"答曰："非唯四凶[⑧]，亦有丹朱[⑨]。"于是一坐大笑。

【注释】

①别驾：官名，为州刺史的重要佐吏。台：指朝廷内宫。

②小儿：指其子诸葛恪。诸葛恪，字元逊，诸葛瑾长子，少有才名。仕吴，官至太傅。知谈：擅长言谈。

③连往：指入朝后接着去。

④张辅吴：张昭，字子布，仕吴，为辅吴将军，故称。

⑤咄咄：叹词，表示惊异或感叹。

⑥唐尧：即陶唐氏，为传说中的贤君。

⑦四凶：传说中尧、舜时的四个恶人：共工、驩兜、三苗、鲧，后被舜流放。

⑧非唯：不仅。

⑨丹朱：相传为唐尧之子，由于不肖，被流放（一说被诛）。

【点评】

诸葛瑾的别驾与诸葛恪二人在玩笑中针尖对麦芒，二人都是聪明绝顶者，反映灵敏，熟悉掌故，唇枪舌剑，互相嘲讽。诸葛恪嘲讽别驾很可能就像唐尧时的四凶，别驾则反唇相讥，讥刺诸葛恪很可能就像唐尧的不肖子丹朱，故赢得一座大笑。

钟氏诣谑

王浑与妇钟氏共坐[①]，见武子从庭过[②]，浑欣然谓妇曰："生儿如此，足慰人意。"妇笑曰："若使新妇得配参军[③]，生儿故可不啻如此[4]。”

【注释】

①王浑：字玄冲，王武子之父。

②武子：王济，字武子。

③新妇：泛指已婚妇女。参军：指王沦，字太冲，王浑之弟，曾任晋文王司马昭大将军参军，故称。

④不啻(chì)：不止。

【点评】

王浑对儿子很满意，其妻却借机调侃说，如果嫁给小叔子，那么生下的儿子可就不止这样了。如此玩笑，恐怕只有魏晋时期的名士才会有风度去接受。

荀隐、陆云互戏

荀鸣鹤、陆士龙二人未相识[1]，俱会张茂先坐[2]。张令共语，以其并有大才，可勿作常语。陆举手曰：“云间陆士龙[3]。”荀答曰：“日下荀鸣鹤[4]。”陆曰：“既开青云睹白雉，何不张尔弓，布尔矢[5]？”荀答曰：“本谓云龙骙骙[6]，定是山鹿野麋。兽弱弩强，是以发迟。”张乃抚掌大笑。

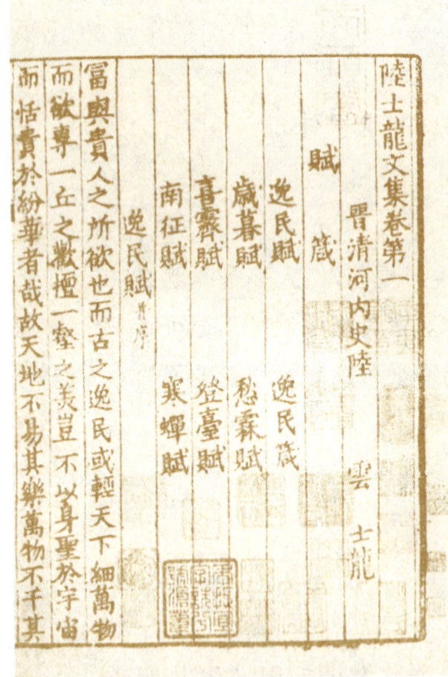
陸士龍文集卷第一
晉清河内史陸　雲　士龍
賦　箴
逸民賦　逸民箴
歲暮賦　愁霖賦
喜霽賦　登臺賦
南征賦　寒蟬賦
逸民賦并序
富與貴人之所欲也而古之逸民或輕天下細萬物
而欲專一丘之歡擅一壑之美豈不以身重於宇宙
而恬貴於紛華者哉故天地不易其樂萬物不干其

宋刻本《陆士龙文集》

【注释】

①荀鸣鹤：荀隐，字鸣鹤，颍川(今属河南)人，官太子舍人、司徒掾。陆士龙：陆云。

②张茂先：张华。

③云间：云间，古华亭(今上海松江)、松江府的别称，因陆云家在华亭，自称“云间陆士龙”而得名。

④日下：指京都及其附近地区。古以帝王喻日，故京城及附近地区遂称“日下”。

⑤布：搭放。

⑥骙骙（kuí）：强壮的样子。

【点评】

张华让陆云与荀隐别说一般日常的套话，二人遂以各自的姓名互相调笑，既饶风趣，又表现了他们的学识不凡，具有很高的文学修养。“云间陆士龙”与“日下荀鸣鹤”两句，对偶工整，平仄谐调，而且机锋相对，互不相让，难怪张华听后会开怀大笑。

晋元帝得子赐群臣

元帝皇子生[①]，普赐群臣。殷洪乔谢曰[②]：“皇子诞育，普天同庆。臣无勋焉，而猥颁厚赉[③]。”中宗笑曰[④]：“此事岂可使卿有勋邪？”

【注释】

①皇子：指简文帝司马昱。

②殷洪乔：殷羡。

③猥：谦词。

④中宗：元帝司马睿的庙号。

【点评】

元帝生子，厚赐群臣，殷羡谢恩时说自己无功受赐。这是他作为臣子的感恩之语。但元帝却笑道：“这件事难道可以让你有功劳吗？”于此可知当时君臣之间也是经常开开玩笑的。

王导枕周颉之膝

王丞相枕周伯仁膝[①]，指其腹曰：“卿此中何所有？”答曰：“此中空洞无物，然容卿辈数百人。”

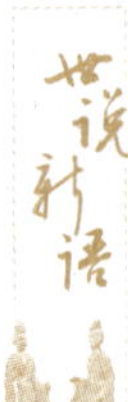

【注释】

①王丞相：王导。周伯仁：周顗。

【点评】

王导把头枕在周顗的腿上，指着他的肚子说："你这里面有什么东西？"周顗答道："这里面空荡荡的没有东西，但能容得下几百个像你这样的人。"

康僧渊目深而鼻高

康僧渊目深而鼻高，王丞相每调之[①]。僧渊曰："鼻者，面之山；目者，面之渊。山不高则不灵，渊不深则不清。"

【注释】

①王丞相：王导。调：调侃。

【点评】

康僧渊是西域人，目深鼻高是胡人面相的特征，王导常常为此调侃他。康僧渊以山不高则不灵，渊不深则不清来比喻，颇有寓意。

殷羡赠庾翼折角如意

庾征西大举征胡[①]，既成行，止镇襄阳。殷豫章与书[②]，送一折角如意以调之。庾答书曰："得所致，虽是败物[③]，犹欲理而用之。"

【注释】

①庾征西：庾翼。征胡：指康帝建元元年(343)庾翼率军北伐。

②殷豫章：殷羡，为豫章太守，故称。

③败物：指残缺不全之物。

【点评】

庾翼大举进军北伐，当时的形势对晋军并不有利，故殷羡送去一只缺角如意戏弄他，喻其出兵征胡是不会成功的。但庾翼为人慷慨，对殷羡的调笑不失风度地予以回答。

谢安捉鼻

初，谢安在东山居，布衣，时兄弟已有富贵者，翕集家门[1]，倾动人物。刘夫人戏谓安曰[2]："大丈夫不当如此乎？"谢乃捉鼻曰："但恐不免耳。"

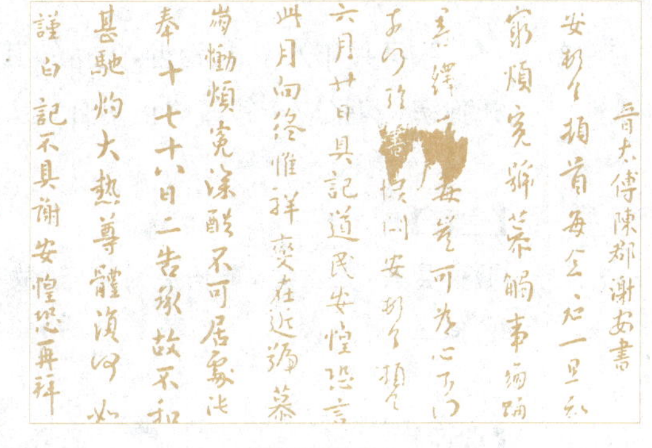

谢安《凄闷帖》

【注释】

①翕(xī)集：齐集，聚集。

②刘夫人：谢安之妻为刘惔之妹，故称。

【点评】

谢安本无心于富贵，故屡辞征召而不出。但他认为时势逼人，所以恐怕终不得免于出仕。谢安少有鼻疾，语音重浊，所以捉鼻者，欲使其声轻细以示鄙夷不屑之意。

王濛、刘惔轻蔡谟

王、刘每不重蔡公[1]。二人尝诣蔡，语良久，乃问蔡曰："公自言何如夷甫[2]？"答曰："身不如夷甫。"王、刘相目而笑曰："公何处不如？"答曰："夷甫无君辈客。"

【注释】

①王、刘：王濛、刘惔。蔡公：蔡谟，字道明，博学多识，官至侍中、司徒。后因失礼被废为庶人。

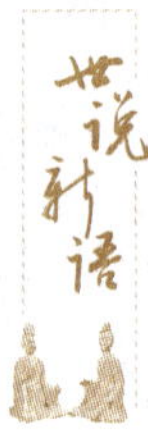

②夷甫：王衍，字夷甫。

【点评】

王濛、刘惔经常不尊重蔡谟，他们二人曾经让蔡谟比较和王衍的优劣，想借此加以嘲讽他。而蔡谟则巧妙地语含讥刺，利用王、刘的调笑语反讽他们，谓自己不如王衍是由于王衍身边没有王濛、刘惔这类人的缘故。王濛、刘惔可谓自讨没趣。

张玄之亏齿

张吴兴年八岁[①]，亏齿，先达知其不常，故戏之曰："君口中何为开狗窦[②]？"张应声答曰："正使君辈从此中出入。"

【注释】

①张吴兴：张玄之，曾任吴兴太守，故称。

②狗窦：狗洞。

【点评】

张玄之八岁时，缺了门牙，前辈贤达知道他不同寻常，特意对他开玩笑说："你口中为什么开了狗洞？"张玄之随声回答道："正是为了让你们这班人从这里进出。"只有八岁的张玄之就能敏捷地回应前辈贤者的戏谑，维护自己的尊严，确实不同寻常。

远志与小草

谢公始有东山之志[①]，后严命屡臻[②]，势不获已，始就桓公司马。于时人有饷桓公药草，中有远志。公取以问谢："此药又名小草，何一物而有二称？"谢未即答。时郝隆在坐，应声答曰："此甚易解。处则为远志，出则为小草。"谢甚有愧色。桓公目谢而笑曰："郝参军此过乃不恶[③]，亦极有会[④]。

【注释】

①谢公：谢安。东山之志：指隐居的志向。

②严命：指朝廷征召谢安出仕的诏令。臻：至，到达。

③此过：当作“此通”。通，指阐释。

④会：意味。

【点评】

药草远志之根名远志，其叶则名小草。桓温不知是否有意拿其一物二名来问谢安。谢安可能也没反应过来，满腹诗书的郝隆已经应声而答：“这很容易解释。隐处称远志，出来了就成小草了。”语意双关，令人回味，暗讽谢安之隐居与出仕，令谢安深感惭愧。

郝隆作蛮语

郝隆为桓公南蛮参军[①]。三月三日会[②]，作诗，不能者罚酒三升。隆初以不能受罚，既饮，揽笔便作一句云：“娵隅跃清池[③]。”桓问：“娵隅是何物？”答曰：“蛮名鱼为娵隅。”桓公曰：“作诗何以作蛮语？”隆曰：“千里投公，始得蛮府参军，那得不作蛮语也？”

兰亭修禊图（石刻）

【注释】

①桓公：桓温。南蛮参军：桓温在穆帝时任荆州刺史，兼领南蛮校尉。参军，校尉的属官。

②三月三日：为上巳节，古时以三月上旬巳日为上巳，官民皆于东流水上洗濯，除去宿垢为大吉，同时聚会游乐。魏晋后改为三月三日为上巳节。

③娵（jū）隅：鱼，古代西南少数民族语。

【点评】

郝隆担任了桓温南蛮校尉的参军。三月三日上巳节聚会时，大家都要作诗，不能作诗的要罚酒三升。郝隆起初因不能写受罚，饮了酒后，拿起笔来就写了一句云："娵隅跃清池。"桓温问："娵隅是什么东西？"郝隆回答道："南蛮人叫鱼为娵隅。"桓温说："作诗为什么用蛮语？"郝隆说："我千里迢迢来投奔您老，才得了个蛮府参军之职，既然做蛮府参军，怎么能不说南蛮语呢？"郝隆语意双关，借题发挥，以表示自己对担任参军一职颇为不满。

羊公鹤

刘遵祖少为殷中军所知[①]，称之于庾公[②]。庾公甚忻然，便取为佐。既见，坐之独榻上与语[③]。刘尔日殊不称[④]，庾小失望，遂名之为"羊公鹤"。昔羊叔子有鹤善舞[⑤]，尝向客称之，客试使驱来，氃氋而不肯舞[⑥]。故称比之。

羊祜像

【注释】

①刘遵祖：刘爰之，字遵祖，沛郡（今安徽濉溪西北）人。官中书郎、宣城太守。殷中军：殷浩。

②庾公：庾亮。

③独榻：单人床榻。

④尔日：这天。称：相称，符合。

⑤羊叔子：羊祜（221—278），字叔子，泰山南城（今山东费县西南）人。西晋大臣，官至尚书左仆射都督荆州诸军事。

⑥氃氋（tóngméng）：羽毛松散的样子。

【点评】

刘爰之年轻时得到殷浩的赏识，并被推荐给了庾亮。庾亮很高兴，就任用他为僚属。但刘爰之可能太紧张了，同庾亮见面时的言谈与其名声很不相称。庾亮略感失望，遂引羊祜之鹤的典故，称其为"羊公鹤"。后世以"羊公之鹤"讥讽名实不副，徒有虚名者。

苻朗讥王肃之

苻朗初过江[①]，王咨议大好事[②]，问中国人物及风土所生，终无极已，朗大患之[③]。次复问奴婢贵贱，朗云："谨厚有识中者[④]，乃至十万；无意为奴婢[⑤]，问者，止数千耳。"

【注释】

①苻朗：字元达，前秦苻坚之侄，降晋后任员外散骑侍郎。

②王咨议：王肃之，字幼恭，王羲之之子。历官中书郎、骠骑咨议。

③患：厌恶。

④有识中者：晋时习惯用语，指有见识的人。

⑤无意：指愚昧无知。

【点评】

苻朗刚渡江南下时，王肃之非常喜欢多事，向苻朗问中原地区的人物，以及风土人情、物产等等事情，问起来没个完了时候，甚至问起了奴婢价格的贵贱，苻朗感到非常讨厌，于是说："谨慎朴实有见识的奴婢，可以卖到十万元，愚笨无知又要问来问去的，只要几千钱而已。"文中苻朗当面讥嘲王肃之愚昧无知，只管饶舌，可谓不留情面。

顾恺之啖甘蔗

顾长康啖甘蔗[①]，先食尾。人问所以，云："渐至佳境。"

【注释】

①顾长康：顾恺之。

【点评】

顾恺之好戏谑，以善于开玩笑而著称。他吃甘蔗时总是先吃甘蔗的末尾。有人问他为什么这样吃，他说："这样可以渐入佳境。""渐至佳境"或"渐入佳境"，后被用来比喻兴味渐浓或境况逐渐好转的成语。

咄咄逼人

桓南郡与殷荆州语次[①]，因共作了语[②]。顾恺之曰："火烧平原无遗燎[③]。"桓曰："白布缠棺竖旒旐[④]。"殷曰："投鱼深渊放飞鸟。"次复作危语[⑤]。桓曰："矛头淅米剑头炊[⑥]。"殷曰："百岁老翁攀枯枝。"顾曰："井上辘轳卧婴儿。"殷有一参军在坐，云："盲人骑瞎马，夜半临深池。"殷曰："咄咄逼人！"仲堪眇目故也[⑦]。

【注释】

①桓南郡：桓玄。殷荆州：殷仲堪。语次：谈话间。

②了语：一种文字游戏，各人所说之联句与"了"字同韵，同时应含有终了、结束之意。

③遗燎：馀火。

④旒旐(liúzhào)：指出殡时为棺柩引路的魂幡。

⑤危语：也是文字游戏，与"危"字同韵的描写危险情景的诗句。

⑥淅米：淘米。

⑦眇目：瞎了一只眼。

【点评】

桓玄、殷仲堪，顾恺之等作文字游戏，开开玩笑，这在当时士人中很流行。但正说得痛快的时候，边上的一个参军也来凑热闹，所谓"盲人骑瞎马"，刺中了殷仲堪瞎了一只眼的痛处，使其惊呼"咄咄逼人"以自嘲！

轻诋第二十六

兰亭修禊图

庾亮轻诋周颢

庾元规语周伯仁[①]:"诸人皆以君方乐[②]。"周曰:"何乐? 谓乐毅邪[③]?"庾曰:"不尔,乐令耳[④]。"周曰:"何乃刻画无盐[⑤],以唐突西子也[⑥]?"

【注释】

①庾元规:庾亮,字元规。周伯仁:周颢。

②方:比拟,相比。乐:指姓乐的人。

③乐毅:战国时燕国大将,曾率五国之兵伐齐,大败齐国,以功封昌国君。

④乐令:乐广。

⑤无盐:战国时齐无盐人钟离春,极丑,自诣齐宣王,分析时弊,被纳为后。后即以无盐为丑女之代称。

【点评】

庾亮对周颢说:"大家都把你比为乐氏。"周颢说:"哪个乐氏? 是说乐毅吗?"庾亮说:"不是这样的,是乐广啊。"周颢对此大为不满,认为拿乐广和他相比,如同以丑女比美女,是对他的贬低和诋毁。

褚裒初渡江

褚太傅初渡江[①],尝入东,至金昌亭[②],吴中豪右燕集亭中。褚公虽素有重名,于时造次不相识。别敕左右多与茗汁[③],少著粽[④],汁尽辄益,使终不得食。褚公饮讫,徐举手共语云:"褚季野。"于是四坐惊散,无不狼狈[⑦]。

【注释】

①褚太傅:褚裒。

②金昌亭:驿亭名,在今江苏苏州阊门外。

③茗汁:茶水。

④著：放置。粽：用蜜浸渍的瓜果蜜饯，喝茶时吃的小点心。

【点评】

褚裒刚渡江南下时，曾经在金昌亭碰上豪门大族的宴饮聚会。褚裒虽然向来有很高的名望，但当时匆忙之中却没有被人认出来。主事者就命令左右侍从多给他茶水，少放蜜饯，茶水喝完了就立即添满，使他始终吃不到杯中的东西。褚裒喝完了茶水，慢慢地举手对大家施礼说："我是褚季野。"于是满座的人都惊慌走散，无不狼狈不堪。

桓温慨神州陆沉

桓公入洛①，过淮、泗，践北境，与诸僚属登平乘楼②，眺瞩中原，慨然曰："遂使神州陆沉；百年丘墟，王夷甫诸人不得不任其责③！"袁虎率尔对曰④："运自有废兴，岂必诸人之过？"桓公懔然作色，顾谓四坐曰："诸君颇闻刘景升不⑤？有大牛重千斤，啖刍豆十倍于常牛⑥，负重致远，曾不若一羸牸⑦。魏武入荆州，烹以飨士卒，于时莫不称快。"意以况袁⑧。四坐既骇，袁亦失色。

魏晋持盾武士俑

【注释】

①桓公：桓温。入洛：指桓温于永和十二年(356)讨伐姚襄，战于伊水，大胜，收复洛阳。

②平乘楼：大船的船楼。平乘，指大船。

③王夷甫：王衍，字夷甫。

④袁虎：袁宏，字彦伯，小字虎。率尔：轻率的样子。

⑤刘景升：刘表，字景升，东汉高平(今山东巨野南)人。汉献帝时为荆州牧，占据荆州近二十年，后病死。

⑥刍：喂牲口的草料。

⑦曾：竟。羸牸(léizì)：瘦弱的母牛。牸，雌性的牲畜，一般用于牛。

⑧况：比拟。

【点评】

桓温进军洛阳，渡过淮河、泗水，他与属下登上船楼，眺望中原，慨叹中原国土沦丧，王夷甫这班人不能不承担责任。袁虎不加考虑就轻率地说："国运自然有衰落有兴盛，难道必定是他们这些人的过错吗？"桓温神色严峻地变了脸色，环顾在座的人说："诸位听说过刘表吗？他有一头大牛重千斤，吃起草料来比普通的牛多十倍，拉重物走远路，竟不如一头瘦弱的母牛。魏武帝进入荆州，把它宰杀煮了犒赏士兵，在当时没有人不感到痛快的。"所谓事在人为，而袁虎却迂腐地将国运兴衰理解为天命，志在恢复中原的桓温当然听不得这种话，所以他用那头只能吃不能干活的牛来比拟袁宏。满座的人闻言惊惧，袁宏也吓得变了脸色。

谢安挫成美于千载

庾道季诧谢公曰[①]："裴郎云[②]：'谢安谓裴郎乃可不恶[③]，何得为复饮酒？'裴郎又云：'谢安目支道林如九方皋之相马[④]，略其玄黄[⑤]，取其俊逸。'"谢公云："都无此二语，裴自为此辞耳。"庾意甚不以为好[⑥]，因陈东亭《经酒垆下赋》[⑦]。读毕，都不下赏裁，直云："君乃复作裴氏学！"于此《语林》遂废。今时有者，皆是先写，无复谢语。

【注释】

①庾道季：庾龢（hé），字道季，庾亮子。诧：告诉。谢公：谢安。

②裴郎：裴启。裴启字荣期，著有《语林》一书。

③乃可：确实。

④目：品评，评论。九方皋：相传为春秋时善于相马之人。他得到伯乐的推荐，为秦穆公觅得千里马。

⑤玄黄：黑色与黄色，指马的毛色。

⑥不以为好：不以为然。

⑦陈：陈述。东亭：王珣，因封爵东亭侯，故称。《经酒垆下赋》：王珣作，哀悼阮籍、嵇康之赋。

【点评】

《语林》是古小说集，原为十卷，东晋裴启作，记汉魏两晋上层社会人士的轶事和言谈，文辞简洁，后来《世说新语》多取材于此书。但谢安对裴启显然没有好感，所以不承认自己说过裴启记载的两段话。而王珣本是谢安的女婿，因失和，早已离婚，互不相干。所以他对王珣的赋不置一词，甚至还有贬意。谢安在当时影响很大，他的态度致使《语林》不再受人重视。刘孝标对此曾经评价道："谢相一言，挫成美于千载，及其所与，崇虚价于百金。上之爱憎与夺，可不慎哉！"

庾恒不推殷颢

殷颢、庾恒并是谢镇西外孙[①]，殷少而率悟[②]，庾每不推[③]。尝俱诣谢公[④]，谢公熟视殷曰："阿巢故似镇西。"于是庾下声语曰[⑤]："定何似[⑥]？"谢公续复云："巢颊似镇西。"庾复云："颊似，足作健不[⑦]？"

【注释】

①殷颢：字伯通，小字巢。与堂弟殷仲堪同时知名，官至南蛮校尉。庾恒：字敬则，庾龢之子，官至尚书仆射。谢镇西：谢尚。

②率悟：坦率聪慧。

③推：推重，赞许。

④谢公：谢安。

⑤下声：小声，低声。

⑥定：究竟，到底。

⑦作健：成为强者。

【点评】

殷颢、庾恒是表兄弟，殷颢从小聪明伶俐，但庾恒却不肯予以认可。偏偏谢安一再称赞殷颢的面貌酷似他们的外祖父，言外之意其将来必有作为，使得本来心态就不平衡的庾恒格外反感，故当即反驳说："脸颊相像，就足以成为强者称雄吗？"

苻宏好上人

苻宏叛来归国[①]，谢太傅每加接引[②]。宏自以有才，多好上人[③]，坐上无折之者。适王子猷来[④]，太傅使共语。子猷直熟视良久，回语太傅云："亦复竟不异人。"宏大惭而退。

【注释】

①苻宏：前秦苻坚太子，苻坚被杀后投奔晋朝，为辅国将军。

②谢太傅：谢安。接引：接待引荐。

③上人：凌驾众人之上。

④王子猷（yóu）：王徽之。

【点评】

苻宏背叛前秦来归附，谢安常常予以接见。苻宏自以为有才干，经常喜欢凌驾他人之上，在座者没有能使他折服的人。恰好王徽之来，谢安就让他们一起交谈。王徽之只是仔细看了苻宏很久，回头对谢安说："最终也没有什么与别人不同的地方。"苻宏听了感到十分惭愧地告退了。

前秦"大秦龙兴化牟古圣"瓦当

桓玄讥愚钝者

桓南郡每见人不快[①]，辄嗔云："君得哀家梨[②]，当复不烝食不？"

【注释】

①桓南郡：桓玄。不快：指愚钝、不爽快。

②哀家梨：传说汉朝秣陵人哀仲家的梨实在味美，入口即化，时人称为"哀家梨"。

【点评】

桓玄每当看到别人行事愚钝不爽快，总是生气地说："您得到哀家梨，该不会拿来蒸了吃吧？"哀家梨的特点是既大又好吃，所以桓玄借以讽刺愚钝之人不会辨别滋味，却自以为是，偏要多事煮来吃，把好端端的东西给糟蹋了。

假谲第二十七

高逸图(局部)

曹操好为游侠

魏武少时，尝与袁绍好为游侠，观人新婚，因潜入主人园中，夜叫呼云："有偷儿贼！"青庐中人皆出观[①]。魏武乃入，抽刃劫新妇，与绍还出，失道，坠枳棘中[②]，绍不能得动，复大叫云："偷儿在此！"绍遑迫自掷出[③]，遂以俱免。

袁绍像

【注释】

①青庐：当时婚俗，以青布搭屋迎娶新妇，举行婚礼。

②枳棘：多刺灌木。

③遑迫：惊慌急迫。掷出：跳出。

【点评】

曹操年轻时喜欢游手好闲，曾经和袁绍一起学为游侠。他们混入新婚人家，劫持新娘，逃跑时慌不择路，结果袁绍掉进荆棘中难以脱身，幸亏曹操急中生智，采用激将法，帮助袁绍摆脱困境，二人因此得以脱险。

望梅止渴

魏武行役[①]，失汲道[②]，军皆渴，乃令曰："前有大梅林，饶子[③]，甘酸可以解渴。"士卒闻之，口皆出水，乘此得及前源[④]。

【注释】

①行役：行军跋涉。

②汲道：取水的道路。

③饶子：指果实很多。

④前源：前面的水源。

曹兵百万下江南(年画)

【点评】

曹操率军跋涉途中因找不到水源而陷于困境,但他极富智慧的采用了望梅止渴的方法。所谓兵不厌诈,曹操已达到了炉火纯青的地步。“望梅止渴”的成语即由此而来。

曹操假梦杀人

魏武常云:“我眠中不可妄近①,近便斫人,亦不自觉。左右宜深慎此②。”后阳眠③,所幸一人,窃以被覆之,因便斫杀。自尔每眠,左右莫敢近者。

【注释】

①妄近:随便靠近。

②深:表示程度深。慎:小心。

③阳:同“佯”,假装。

【点评】

本文与上一则故事异曲同工,都是曹操设计对付左右亲近侍卫,使他们不敢心怀贰心,甚至不敢靠近自己,这样他就可以高枕无忧了。

《三国志·武帝纪》书影

晋明帝遇险

王大将军既为逆[①]，顿军姑孰。晋明帝以英武之才，犹相猜惮[②]，乃著戎服，骑巴賨马[③]，赍一金马鞭[④]，阴察军形势。未至十馀里，有一客姥[⑤]，居店卖食，帝过愒之[⑥]，谓姥曰："王敦举兵图逆，猜害忠良，朝廷骇惧，社稷是忧。故劬劳晨夕[⑦]，用相觇察[⑧]。恐形迹危露，或致狼狈，追迫之日，姥其匿之！"便与客姥马鞭而去，行敦营匝而出。军士觉，曰："此非常人也！"敦卧心动，曰："此必黄须鲜卑奴来！"命骑追之。已觉多许里[⑨]，追士因问向姥："不见一黄须人骑马度此邪？"姥曰："去已久矣，不可复及。"于是骑人息意而反[⑩]。

【注释】

①王大将军：王敦。

②猜惮：怀疑畏惧。

③巴賨(cóng)马：巴地賨人进贡之马。賨人为我国古代少数民族，居住在今四川渠县一带。

④赍：携带。

⑤客姥(mǔ)：客居的老妇。

⑥愒：同"憩"(qì)，休息。

⑦劬(qú)劳：劳累。

⑧觇(chān)察：暗中察看。

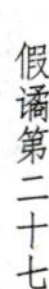

⑨觉(jiào):差,相差。多许里:指相距里程很多。

⑩息意:打消念头。

【点评】

王敦发动叛乱时,晋明帝亲自前去察看叛军的虚实,不料被人发觉,幸亏有一位老妇人为他做了掩护,才得以脱险。

王羲之诈眠脱险

王右军年减十岁时①,大将军甚爱之②,恒置帐中眠。大将军尝先出,右军犹未起。须臾,钱凤入③,屏人论事,都忘右军在帐中,便言逆节之谋④。右军觉,既闻所论,知无活理,乃阳吐污头面被褥⑤,诈孰眠⑥。敦论事造半,方忆右军未起,相与大惊曰:"不得不除之!"及开帐,乃见吐唾从横,信其实孰眠,于是得全。于时称其有智。

王羲之《快雪时晴帖》

【注释】

①王右军:王羲之。减:不足,不满。

②大将军:王敦。

③钱凤:字世仪,为王敦铠曹参军,随王敦谋反,王敦失败后被杀。

④逆节:指叛逆造反。

⑤阳:同"佯"。

⑥孰:"熟"的古字。

【点评】

王羲之是大将军王敦的堂侄,王敦非常喜爱他,常常把他留在自己的床帐中睡觉。结果在不经意中让他听到了谋反的计划。王羲之虽然不满十岁,但已经深知其中的利害,所以他随机应变,假装呕吐熟睡,终于化险为夷。

陶侃赴苏峻之难

陶公自上流来赴苏峻之难[①]，令诛庾公[②]，谓必戮庾，可以谢峻。庾欲奔窜，则不可；欲会，恐见执，进退无计。温公劝庾诣陶曰[③]："卿但遥拜，必无他。我为卿保之。"庾从温言诣陶。至，便拜。陶自起止之曰："庾元规何缘拜陶士衡[④]？"毕，又降就下坐。陶又自要起同坐。坐定，庾乃引咎责躬，深相逊谢。陶不觉释然。

【注释】

①陶公：陶侃。上流：指长江上游，陶侃时任荆州刺史。苏峻之难：指苏峻起兵叛乱，攻入健康。

②庾公：庾亮。

③温公：温峤。

④庾元规：庾亮，字元规。陶士衡：陶侃，字士衡。

【点评】

陶侃认为只有杀了庾亮，才能消除苏峻叛乱的借口。庾亮处境岌岌可危，幸得温峤指点，对陶侃谦恭有加。陶侃出身卑微，能得到皇亲国戚（亮为晋明帝皇后之兄）的礼遇，自然就不再对庾亮有所猜疑了。可谓以柔克刚，一场危机得以化解。

范汪好用智数

范玄平为人好用智数[①]，而有时以多数失会[②]。尝失官居东阳[③]，桓大司马在南州[④]，故往投之。桓时方欲招起屈滞[⑤]，以倾朝廷[⑥]，且玄平在京，素亦有誉。桓谓远来投己，喜跃非常。比入至庭，倾身引望，语笑欢甚。顾谓袁虎曰："范公且可作太常卿。"范裁坐[⑦]，桓便谢其远来意。范虽实投桓，而恐以趋时损名，乃曰："虽怀朝宗[⑧]，会有亡儿瘗在此[⑨]，故来省视。"桓怅然失望，向之虚伫[⑩]，一时都尽。

【注释】

①范玄平:范汪。智数:心计权术。

②多数:指过多的谋算。失会:失去机会。

③东阳:郡名,治在今浙江金华。

④桓大司马:桓温。南州:姑孰,在今安徽当涂。

⑤屈滞:指屈居下位、久不升迁的人。

⑥倾:颠覆。

⑦裁:通“才”。

⑧朝宗:拜见长官。

⑨会:恰巧。瘗(yì):埋葬。

⑩向:刚才。虚伫(zhù):虚心等待。伫,长时间站立。

【点评】

范汪为人好用心计权术,但有时因为多用了心计反而错失了机会。他失官闲居,去投奔桓温;桓温正好想荐拔人才为己所用,扩张势力,所以热情接待。谁知范汪担心别人说他趋炎附势,坏了名声,所以假装说自己只是顺道来省视埋葬于此的亡儿而已,遂使桓温热心的期待化为泡影,而他自己求官的企图也因此落了空。可知范汪是聪明反被聪明误。

黜免第二十八

竹林七贤与荣启期

诸葛厷遭流放

诸葛厷在西朝[①]，少有清誉，为王夷甫所重[②]，时论亦以拟王。后为继母族党所谗，诬之为狂逆。将远徙，友人王夷甫之徒诣槛车与别[③]。厷问："朝廷何以徙我？"王曰："言卿狂逆。"厷曰："逆则应杀，狂何所徙？"

【注释】

①诸葛厷(gōng)：字茂远，琅邪(今山东临沂北)人，官至司空主簿。西朝：指西晋。

②王夷甫：王衍。

③槛(jiàn)车：押解犯人的囚车。

【点评】

诸葛厷因年轻时有"清誉"，为王衍器重，被舆论比作王衍，但后来他被继母的同族人谗毁，诬陷他狂放叛逆，流放边地。在临行前，他愤怒地发出了"狂何所徙"的质问。可是谁又能对此"莫须有"的冤狱作出解释呢？

桓温入蜀

桓公入蜀[①]，至三峡中，部伍中有得猨子者，其母缘岸哀号[②]，行百馀里不去，遂跳上船，至便即绝。破视其腹中，肠皆寸寸断。公闻之怒，命黜其人。

【注释】

①桓公：桓温。入蜀：指桓温于晋穆帝永和二年(346)出兵攻蜀。

②缘岸：沿岸。

【点评】

母猿因幼崽被捉，竟至肝肠寸断，不免让人为之动容。所以桓温毫不留情地对擅自捕捉小猿猴的部下予以罢黜。这种举动颇值得称颂。

桓温废太宰父子

桓宣武既废太宰父子[①]，仍上表曰："应割近情，以存远计。若除太宰父子，可无后忧。"简文手答表曰[②]："所不忍言，况过于言？"宣武又重表，辞转苦切[③]。简文更答曰："若晋室灵长，明公便宜奉行此诏；如大运去矣，请避贤路。"桓公读诏，手战流汗，于此乃止。太宰父子远徙新安。

【注释】

①桓宣武：桓温。太宰父子：指司马晞与其子司马综。司马晞，字道升，简文帝司马昱之兄，官至太宰。

②手答表：指亲自批复奏表。

③转：更加。苦切：急切。

【点评】

桓温罢免了司马晞父子的官职后，接着上奏表说："应当割断亲属近情，以便保全朝廷长远大计。如果除掉司马晞父子，就可以免除后顾之忧。"简文帝亲自批答奏章说："这是我不忍心说的话，何况比这些话更加过分的举动呢？"桓温再次上奏章，言辞更加急切。简文帝又批示说："如果晋朝国运绵延长久，明公就应当遵照这个诏令；如果晋朝国运已尽，请允许我退位，让出贤者登高之路。"桓温读了诏书，两手发抖，满脸流汗，到这时他才停止了要除掉司马晞父子的打算。司马晞父子俩被远远地流放到了新安。

俭啬第二十九

雪夜访戴图

和峤性至俭

和峤性至俭[①]，家有好李，王武子求之[②]，与不过数十。王武子因其上直[③]，率将少年能食之者，持斧诣园，饱共啖毕，伐之，送一车枝与和公，问曰："何如君李？"和既得，唯笑而已。

【注释】

①至俭：极其吝啬。

②王武子：王济，和峤的妻弟。

③上直：指官员上朝值班。直，通"值"。

【点评】

史称和峤为政清简，甚得百姓爱戴。但他虽然家产丰富，拟于王者，却极其吝啬，以是获讥于世，杜预以为和峤有钱癖。小舅子王济向他要一点李子，和峤只给了他几十颗。于是王济干脆带人把李树砍了，把一车树枝送给了和峤。和峤面对残枝败叶，只能无可奈何地一笑了之。

王戎烛下散筹

司徒王戎既贵且富，区宅、僮牧、膏田、水碓之属[①]，洛下无比。契疏鞅掌[②]，每与夫人烛下散筹算计。

【注释】

①区宅：房屋、住宅。水碓(duì)：利用水力旋动的舂米器具。

②契疏：契约账簿。鞅掌：烦劳，繁多。

【点评】

王戎家财万贯，契约账簿，堆砌繁多，所以他常与夫人在烛光下摊开筹码算计家产。魏晋名士追求旷达超脱，这种情形自然要为时人引为笑谈。

王戎有好李

王戎有好李,卖之,恐人得其种[①],恒钻其核。

【注释】

①种:指李子的核。

【点评】

王戎有良种李,卖出去时,怕别人得到良种的李子,总是先在李子核上钻个洞。此则故事疑因王戎有吝啬之名而衍生。

郗愔大聚敛

郗公大聚敛[①],有钱数千万。嘉宾意甚不同[②],常朝旦问讯。郗家法,子弟不坐,因倚语移时[③],遂及财货事。郗公曰:"汝正当欲得吾钱耳!"乃开库一日,令任意用。郗公始正谓损数百万许。嘉宾遂一日乞与亲友[④],周旋略尽[⑤]。郗公闻之,惊怪不能已已[⑥]。

【注释】

①郗公:郗愔。

②嘉宾:郗超,郗愔子。

③倚语:站着说话。移时:长时间。

④乞与:给予。

⑤略尽:指全送光了。

⑥已已:加强语气,谓止不住,难以停止下来。

【点评】

郗愔与郗超虽为父子,性情却相反。郗愔大肆搜刮财物,郗超却乐善好施。父子俩可谓大异其趣。

汰侈第三十

金谷园

石崇令美人行酒

石崇每要客燕集，常令美人行酒。客饮酒不尽者，使黄门交斩美人[①]。王丞相与大将军尝共诣崇[②]，丞相素不能饮，辄自勉强，至于沉醉。每至大将军，固不饮以观其变。已斩三人，颜色如故，尚不肯饮。丞相让之[③]，大将军曰："自杀伊家人，何预卿事？"

【注释】

①黄门：指侍从。交斩：轮流斩杀。

②王丞相：王导。大将军：王敦。

③让：责备。

【点评】

石崇举行宴会时，常叫美女斟酒劝客。碰到客人不干杯的，就让侍从轮流斩杀美人。王导不善喝酒，但出于恻隐之心，总是勉强自己喝下去，以至于大醉。而轮到王敦喝酒时，他坚持不喝以观察石崇究竟怎么样。结果杀了三个人，王敦还是不肯喝酒。石崇为了夸富而滥杀无辜，而王敦竟然冷酷到脸色不变。

绿珠像

石崇列婢侍厕

石崇厕，常有十馀婢侍列，皆丽服藻饰。置甲煎粉、沉香汁之属[①]，无不毕备。又与新衣著令出，客多羞不能如厕，王大将军往[②]，脱故衣，著新衣，神色傲然。群婢相谓曰："此客必能作贼。"

【注释】

①甲煎粉：唇膏类化妆品。沉香汁：用沉香木制成的香水。

②王大将军：王敦。

【点评】

石崇家的厕所里有十多个婢女列队侍奉客人，还放置了甲煎粉、沉香汁之类的美容用品，同时又给客人准备了新衣服，结果客人们大都害羞不肯到厕所去。王敦则非常坦然，换衣服时神色还相当傲慢。群婢所言“此客必能作贼”是颇有眼光的，王敦此后果然几次起兵对抗朝廷。

王济以人乳饮猪

武帝尝降王武子家[①]，武子供馔，并用琉璃器。婢子百馀人，皆绫罗绔褶[②]，以手擎饮食。蒸㹠肥美[③]，异于常味。帝怪而问之，答曰：“以人乳饮。”帝甚不平，食未毕，便去。王、石所未知作[④]。

【注释】

①王武子：王济，其妻为晋武帝之女常山公主。

②绫罗绔褶：指所穿衣裙都是绫罗绸缎制成。绔，同“裤”，女子上衣。

③㹠：同“豚”(tún)，小猪。

④王、石：王恺、石崇。王恺，字君夫，王肃子，晋武帝司马炎舅。官至后军将军，封山都县公。

【点评】

王济是晋武帝的女婿，以善于清言和修饰辞令而得到武帝的宠爱。他以人乳饲养小猪，豪侈放纵的程度到了令人匪夷所思的地步，以至于连晋武帝都有了反感，未及终席而去。

王恺与石崇争长

石崇为客作豆粥，咄嗟便办[①]。恒冬天得韭蓱齑[②]。又牛形状气力不胜王恺牛，而与恺出游，极晚发，争入洛城，崇牛数十步后迅若飞禽，恺牛绝走不能及[③]。每以此三事为搤腕[④]，乃密货崇帐下都督及御车人[⑤]，问所以。都督曰：“豆至难煮，唯豫作熟末[⑥]，客至，作白粥以投之。韭蓱齑是捣韭根，杂以麦苗尔。”复问驭人牛所以驶。驭人云：“牛本不迟，由将车人不及制之尔。急时听偏辕[7]，则驶矣。”恺悉从之，遂争长。石崇后闻，皆杀告者。

【注释】

①咄嗟：顷刻，形容时间短暂。

②韭：韭菜，用作调料。蓱(píng)：艾蒿类菜，亦可调味。齑(jī)：调味菜，一般在夏天才有。

③绝走：极力奔跑。

④搤(è)腕：用一只手握住另一只手腕，以示不平情绪。

⑤密货：暗中用财物贿赂。都督：手下总管事务的人。

⑥豫作熟末：预先烧烂成碎末。

⑦偏辕：指车辕偏向一边。

【点评】

石崇为客人做豆粥，立刻就做成了。常在冬天也会得到韭菜、蓱菜、齑菜等只有夏天才能生长做出来的调味品。他家的牛形状和力气看上去都不如王恺家的牛，但是与王恺出游，跑了几十步后就快得如同飞鸟，王恺的牛极力奔跑也赶不上。王恺常为这三件事而感到不满，于是他暗中买通石崇手下的管家与驾车人，探问其中的原因后，全都照着做，于是就争得了优胜。王恺和石崇二人争豪，可谓费尽心思。

王恺与石崇斗富

石崇与王恺争豪

石崇与王恺争豪，并穷绮丽[1]，以饰舆服。武帝，恺之甥也，每助恺。尝以一珊瑚树高二尺许赐恺，枝柯扶疏[2]，世罕其比。恺以示崇。崇视讫，以铁如意击之。应手而碎。恺既惋惜，又以为疾己之宝，声色甚厉。崇曰："不足恨，今还卿。"乃命左右悉取珊瑚树，有三尺、四尺，条干绝世，光彩溢目者六七枚[3]，如恺许比甚众。恺惘然自失。

【注释】

①穷：指极尽可能。

②枝柯：枝干。扶疏：枝叶繁茂纷披的样子。

③溢目：光彩夺目。

【点评】

王恺与石崇斗富，得到了武帝的帮助，却仍为石崇压倒，可知石崇富赛帝王。而晋武帝助其舅斗富，更加助长了当时奢风的盛行，其昏愦可见一斑。

王济为金沟

王武子被责[1]，移第北邙下[2]。于时人多地贵，济好马射，买地作埒[3]，编钱匝地竟埒[4]。时人号曰"金沟"。

【注释】

①王武子：王济。被责：王济与堂兄王佑不和，因鞭打王佑府吏而被责罚免官。

②北邙：北邙山，在洛阳东北。

③埒(liè)：矮墙。

④匝地：绕地。竟：尽。

【点评】

王济被责罚贬了官，把家搬到了北邙山下。当时人多地贵，王济喜欢骑马射箭，就买了地筑起矮墙当跑马场。他用铜钱串连起来当矮墙，环绕了整个马场的矮墙都是用钱编起来的。时人因此称之为"金沟"。

忿狷第三十一

渊明醉归图

曹操杀歌妓

魏武有一妓声最清高，而性情酷恶[①]。欲杀则爱才，欲置则不堪[②]。于是选百人，一时俱教。少时，果有一人声及之，便杀恶性者。

【注释】

①酷恶：极其恶劣。

②置：指不予追究。

【点评】

曹操为人喜怒无常，岂能容忍这坏脾气的歌女。亏他想出办法，百里挑一培训出一位歌声不逊于这坏脾气歌女的歌者，于是便杀了坏脾气的歌女，遂其所愿。

魏晋卧箜篌乐俑

王述性急

王蓝田性急[①]。尝食鸡子，以箸刺之[②]，不得，便大怒，举以掷地。鸡子于地圆转未止，仍下地以屐齿蹍之，又不得，瞋甚[③]，复于地取内口中，啮破即吐之[④]。王右军闻而大笑曰："使安期有此性[⑤]，犹当无一豪可论[⑥]，况蓝田邪？"

【注释】

①王蓝田：王述。

②箸(zhù)：筷子。

③瞋甚：愤怒之极。

④啮(niè)：咬。

⑤安期：王承，王述之父，字安期。

⑥豪：通"毫"。

【点评】

王述性子急躁。曾经一次吃鸡蛋,他用筷子去戳鸡蛋,没有戳到,就大怒发火,把鸡蛋拿起来扔在地上。鸡蛋在地上转个不停,他就跳下地用木屐的齿来踩踏鸡蛋,又没有踩踏到,他愤怒之极,又把蛋从地上捡起来放到口中,咬破后又立刻吐了出来。难怪王羲之听说此事后大笑。

桓玄斗鹅

桓南郡小儿时[①],与诸从兄弟各养鹅共斗。南郡鹅每不如,甚以为忿。乃夜往鹅栏间,取诸兄弟鹅悉杀之。既晓,家人咸以惊骇,云是变怪[②],以白车骑[③]。车骑曰:“无所致怪,当是南郡戏耳!”问,果如之。

群鹅图

【注释】

①桓南郡:桓玄。

②变怪:鬼怪变异。

③车骑:桓冲,桓玄之叔。

【点评】

桓玄小时候与堂兄弟们各自养了鹅来互相斗着玩。桓玄的鹅常常斗败,他忿恨之馀,竟然夜里到鹅栏里把堂兄们的鹅抓来全部杀掉。可见其性格极为狷狭。

谗险第三十二

归去来兮图(局部)

袁悦能短长说

袁悦有口才[①]，能短长说[②]，亦有精理。始作谢玄参军，颇被礼遇。后丁艰[③]，服除还都[④]，唯赍《战国策》而已。语人曰："少年时读《论语》、《老子》，又看《庄》、《易》，此皆是病痛事[⑤]，当何所益邪？天下要物，正有《战国策》[⑥]。"既下，说司马孝文王[⑦]，大见亲待，几乱机轴[⑧]。俄而见诛。

【注释】

①袁悦：字元礼，陈郡阳夏（今属河南）人，深受会稽王司马道子宠信，后被孝武帝所杀。

②短长说：游说之术。

③丁艰：遭遇父母的丧事。

④服除：指守丧期满，除去丧服。

⑤病痛：一般指小病，此比喻小事。

⑥正有：只有。

⑦司马孝文王：指司马道子。

⑧机轴：指朝廷的秩序。

【点评】

袁悦有口才，擅长游说，受到司马道子的亲近厚待。此后袁悦怂恿司马道子篡夺帝位，并最终引来杀身之祸，可谓自取其咎。

王绪谗殷仲堪

王绪数谗殷荆州于王国宝[①]，殷甚患之，求术于王东亭[②]。曰："卿但数诣王绪，往辄屏人，因论他事。如此，则二王之好离矣。"殷从之。国宝见王绪，问曰："此与仲堪屏人何所道？"绪云："故是常往来，无他所论。"国宝谓绪于己有隐，果情好日疏，谗言以息。

【注释】

①王绪：字仲业，太原（今属陕西）人，官会稽王从事中郎。后为王恭等所杀。殷荆州：殷仲堪。王国宝：王坦之第三子，堂妹为会稽王司马道子之妃。司马道子辅政，得宠，用为侍中、中书令、中领军等，权倾内外，后与王绪一起被王恭所杀。

②王东亭：王珣。

【点评】

王绪屡次在王国宝面前说殷仲堪的坏话，殷仲堪为此很忧虑，向王珣请教办法。王珣便教其离间二王。果然两人中计，感情一天天疏远，对殷仲堪的谗言因此也平息了。

尤悔第三十三

庐山观莲图

魏文帝忌弟

魏文帝忌弟任城王骁壮[1]，因在卞太后阁共围棋[2]，并啖枣，文帝以毒置诸枣蒂中，自选可食者而进。王弗悟，遂杂进之。既中毒，太后索水救之。帝预敕左右毁瓶罐。太后徒跣趋井，无以汲。须臾遂卒。复欲害东阿[3]，太后曰："汝已杀我任城，不得复杀我东阿！"

【注释】

①任城王：曹彰，字子文，曹操与卞太后所生之第二子，好勇性刚。

②因：趁着。阁：通"阁"，指内室。

③东阿：指曹植，封东阿王，故称。

【点评】

曹丕忌妒弟弟曹彰勇猛健壮，便趁着在卞太后内阁一起下围棋，一起吃枣子的时机，用毒枣将其害死。不仅如此，曹丕还要赶尽杀绝，进一步加害曹植。兄弟相残，手段残忍。

周侯之死

王大将军起事[1]，丞相兄弟诣阙谢[2]。周侯深忧诸王[3]，始入，甚有忧色。丞相呼周侯曰："百口委卿[4]！"周直过不应。既入，苦相存救。既释，周大说，饮酒。及出，诸王故在门。周曰："今年杀诸贼奴，当取金印如斗大系肘后。"大将军至石头，问丞相曰："周侯可为三公不？"丞相不答。又问："可为尚书令不？"又不应。因云："如此，唯当杀之耳。"复默然。逮周侯被害[5]，丞相后知周侯救己，叹曰："我不杀周侯，周侯由我而死，幽冥中负此人！"

【注释】

①王大将军：王敦。起事：指王敦于晋元帝永昌元年(322)以讨刘隗为名，从武昌起兵攻建康事。

②丞相：王导。
③周侯：周顗。
④百口：指全家人的性命。
⑤逮：及，到。

【点评】

周顗对王导兄弟的生死关心备至，先是“甚有忧色”，继而“苦相存救”，待他们获释后，又高兴得喝了酒，还说了俏皮话，认为自己应获金印。却不知他的好心与天真为自己带来了灭顶之灾。周顗不肯说自己救了王导，是把功劳算在元帝头上，以表臣子的忠心。但王导并不知情，终于酿成了悲剧，令王导遗憾终身。

晋明帝问得天下之由

王导、温峤俱见明帝，帝问温前世所以得天下之由，温未答。顷，王曰：“温峤年少未谙，臣为陛下陈之。”王乃具叙宣王创业之始[①]，诛夷名族，宠树同己，及文王之末高贵乡公事[②]。明帝闻之，覆面著床曰：“若如公言，祚安得长[③]！”

【注释】

①宣王：司马懿。
②文王：司马昭。高贵乡公：曹髦，为文王司马昭所杀。
③祚：指皇位、国运。

【点评】

晋元帝问询前朝所以得天下的原因，得知宣王当初的所作所为，他感到无地自容，故发出国运难长的感叹。可知他还是一位颇有仁慈之心的皇帝。

庾亮欲起周劭

庾公欲起周子南[①]，子南执辞愈固。庾每诣周，庾从南门入，周从后门出。庾尝一往奄至[2]，周不及去，相对终日。庾从周索食，周出蔬食，庾亦强饭极欢[3]；并语世故[4]，约相推引，同佐世之任。既仕，至将军二千石，而不称意。中宵慨然曰："大丈夫乃为庾元规所卖[5]！"一叹，遂发背而卒[6]。

【注释】

①庾公：庾亮。周子南：周劭。

②一往：径直，直往。奄：忽然。

③强：勉强。

④世故：世俗之事。

⑤庾元规：庾亮，字元规。

⑥发背：引发了背部毒疮。

【点评】

周劭原是隐居庐山的隐士，但经不住庾亮的再三游说荐举，下山为官。但是官场的一切令其不称意，彻夜难眠，追悔莫及，以至于慨叹为庾亮所卖。其内心的痛苦煎熬终于引发了背疮发作而死。

阮裕奉大法

阮思旷奉大法[1]，敬信甚至。大儿年未弱冠[2]，忽被笃疾[3]。儿既是偏所爱重，为之祈请三宝，昼夜不懈。谓至诚有感者，必当蒙佑。而儿遂不济。于是结恨释氏，宿命都除。

【注释】

①阮思旷：阮裕。大法：指佛法。

②大儿：名牖，字彦伦。官至州主簿。

③笃疾：重病。

【点评】

阮裕信奉佛法，恭敬笃信到了极点。他的大儿子患了重病时，他就为儿子祈祷求请三宝保佑，以为自己精诚所至，必能感动三宝。但是儿子终于没有得救，于是与佛教结怨，把原来所信奉的善恶相报的宿命之说全都抛除了。

谢安失态

谢太傅于东船行[①]，小人引船，或迟或速，或停或待。又放船从横[②]，撞人触岸。公初不呵谴，人谓公常无嗔喜。曾送兄征西葬还[③]，日暮雨驶，小人皆醉，不可处分[④]。公乃于车中手取车柱撞驭人，声色甚厉。夫以水性沈柔，入隘奔激，方之人情[⑤]，固知迫隘之地，无得保其夷粹[⑥]。

【注释】

①谢太傅：谢安。

②从(zòng)横：指放任不管，任由船夫直开横开。从，同"纵"。

③征西：指谢奕，谢安兄。

④处分：处置，安排。

⑤方：比拟，相比。

⑥夷粹：平和纯粹。

【点评】

人们都认为谢安是喜怒不形于色的，他乘船出行时，船夫划船时慢时快，甚至放任不管，听凭船只横冲直撞，他都不对他们呵斥责怪。但他也有失态的时候，曾经对着醉酒的车夫声色俱厉，甚至于还拿起车柱撞击车夫。所以作者认为，水性是深沉柔和的，流入险要之地，水流就会奔腾激荡，相比人的性情，自然知道处身于狭窄之地，就不能保持平和纯粹之态了。

纰漏第三十四

莲社图

王敦初尚主

王敦初尚主[①]，如厕，见漆箱盛干枣，本以塞鼻，王谓厕上亦下果[②]，食遂至尽。既还，婢擎金澡盘盛水，琉璃碗盛澡豆[③]，因倒著水中而饮之，谓是干饭。群婢莫不掩口而笑之。

【注释】

①尚主：指娶公主为妻。因尊帝王之女，不宜说娶，故谓“尚”。

②下：放置。

③澡豆：洗手、洗面用品。

【点评】

王敦娶晋武帝之女舞阳公主为妻，他对帝王家的奢华生活一无所知，故将洗漱用品都当点心吃了个精光，以至贻笑大方。

蔡谟不识彭蜞

蔡司徒渡江[①]，见彭蜞[②]，大喜曰：“蟹有八足，加以二螯[③]。”令烹之。既食，吐下委顿[④]，方知非蟹。后向谢仁祖说此事[⑤]，谢曰：“卿读《尔雅》不熟，几为《劝学》死。”

【注释】

①蔡司徒：蔡谟。

②彭蜞：外形似蟹的甲壳类动物，但不能食用。

③蟹有八足，加以二螯：这是蔡邕所作《劝学章》中的句子。蔡谟是蔡邕的从曾孙，熟读其文，故脱口而吟。

④吐下：指上吐下泻。

⑤谢仁祖：谢尚。

【点评】

彭蜞与蟹外形相似，都有二螯八足，蔡谟不识其区别，误把彭蜞当作蟹吃了下去，险些送命，这正是读书不求甚解造成的纰漏。

谢据上屋熏鼠

谢虎子尝上屋熏鼠[①]。胡儿既无由知父为此事[②]，闻人道痴人有作此者，戏笑之，时道此非复一过[③]。太傅既了己之不知[④]，因其言次[⑤]，语胡儿曰："世人以此谤中郎[⑥]，亦言我共作此。"胡儿懊热[⑦]，一月日闭斋不出。太傅虚托引己之过，以相开悟，可谓德教。

【注释】

①谢虎子：谢据。

②胡儿：谢朗。

③非复：不只，不是。一过：一次。

④太傅：谢安。

⑤因其言次：趁着他说话的时候。

⑥中郎：指谢据，他在兄弟中排名第二，故称。

⑦懊热：烦闷，烦躁。

【点评】

谢据曾经爬上屋顶熏老鼠，成为人们街谈巷议的笑料。其子谢朗不知道就是自己父亲做的，也跟着一再予以戏笑。谢安得知后，假托自己也受这个笑话的牵连，让谢朗明白其中牵涉到他自己的父亲，堪称德教之经典，足为今取鉴。

惑溺第三十五

女史箴图(局部)

荀粲夫妻至笃

荀奉倩与妇至笃[①]，冬月妇病热，乃出中庭自取冷，还以身熨之。妇亡，奉倩后少时亦卒，以是获讥于世。奉倩曰："妇人德不足称，当以色为主。"裴令闻之曰[②]："此乃是兴到之事[③]，非盛德言，冀后人未昧此语[④]"。

魏庄园生活图

【注释】

①荀奉倩：荀粲。至笃：指情爱深厚。

②裴令：裴楷。

③兴到：指一时兴起。

④未昧此语：不被此语迷惑。

【点评】

荀粲与妻子情深意重，冬天里妻子生了热病，他就到冷风中受冻，再用身体来紧贴妻子降温。妻子死后，他没多久也死了。他们夫妇之间恩爱情深，至为感人，但在古代就避免不了有"惑溺"之讥了。

晋武帝羊车游幸

孙秀降晋

孙秀降晋[①]，晋武帝厚存宠之，妻以姨妹蒯氏，室家甚笃。妻尝妒，乃骂秀为貉子[②]。秀大不平，遂不复入。蒯氏大自悔责，请救于帝。时大赦，群臣咸见。既出，帝独留秀，从容谓曰："天下旷荡[③]，蒯夫人可得从其例不？"秀免冠而谢，遂为夫妇如初。

【注释】

①孙秀：字彦才，吴郡吴人。三

国时吴将，掌兵权，为前将军、夏口督。受孙皓疑忌而降晋，拜骠奇将军，封会稽公。

②貉(háo)子：当时中原士族对江东吴人的蔑称。

③旷荡：宽宏大量。

【点评】

晋武帝对降晋的孙秀倍加关怀宠幸，借此来笼络南方士人。当时在士族间都说北方洛阳话，对说南方话的南方士族表示轻蔑。孙秀是吴郡人，所以蒯氏蔑称他为"貉子"。难得武帝亲自出面来劝合，孙秀夫妇才和好如初。

韩寿美姿容

韩寿美姿容[①]，贾充辟以为掾。充每聚会，贾女于青琐中看[②]，见寿，说之，恒怀存想，发于吟咏。后婢往寿家，具述如此，并言女光丽。寿闻之心动，遂请婢潜修音问[③]，及期往宿。寿跻捷绝人，逾墙而入，家中莫知。自是充觉女盛自拂拭[④]，说畅有异于常[⑤]。后会诸吏，闻寿有奇香之气，是外国所贡，一著人则历月不歇[⑥]。充计武帝唯赐己及陈骞，馀家无此香，疑寿与女通，而垣墙重密，门阁急峻[⑦]，何由得尔？乃托言有盗，令人修墙。使反曰："其馀无异，唯东北角如有人迹，而墙高，非人所逾。"充乃取女左右婢考问。即以状对。充秘之，以女妻寿。

【注释】

①韩寿：字德真，南阳赭(zhě)阳(今属河南)人。仕至散骑常侍、河南尹。死后赠骠骑将军。

②青琐：窗格。

③潜修音问：暗中传递音信。

④盛自拂拭：讲究修饰打扮自己。

⑤说畅：喜悦舒畅。

⑥著(zhuó)：附着。歇：停止，消失。

⑦门阁(gé)：大门和边门。急峻：指戒备森严。

【点评】

韩寿与贾女互相倾慕向往，终成眷属，是一篇动人的爱情故事。脍炙人口的《西厢记》中张生逾墙的情节或即借鉴于此。贾女主动、大胆地追求自己的至爱，这在现代不足为奇，但在古代就必然被列入"惑溺"之列了。

仇隙第三十六

斫琴图(局部)

刘玙兄弟少时为王恺所憎

刘玙兄弟少时为王恺所憎[①]，尝召二人宿，欲默除之[②]。令作坑，坑毕，垂加害矣[③]。石崇素与玙、琨善，闻就恺宿，知当有变，便夜往诣恺，问二刘所在。恺卒迫不得讳，答云："在后斋中眠[④]。"石便径入，自牵出，同车而去，语曰："少年何以轻就人宿？"

【注释】

①刘玙兄弟：刘玙、刘琨。刘玙，字庆孙，有才名，历官宰府尚书郎、散骑侍郎。

②默除：指暗杀。

③垂：接近，将要。

④后斋：后房。

【点评】

王恺与孙秀一样是睚眦必报之人，刘玙兄弟二人年轻时被王恺憎恨，竟至设计准备活埋他们。如果不是石崇及时救助，刘玙兄弟恐怕就必死无疑了。

王羲之愤慨致终

王右军素轻蓝田[①]。蓝田晚节论誉转重[②]，右军尤不平。蓝田于会稽丁艰[③]，停山阴治丧。右军代为郡[④]。屡言出吊，连日不果。后诣门自通[⑤]，主人既哭，不前而去[⑥]，以陵辱之。于是彼此嫌隙大构[⑦]。后蓝田临扬州，右军尚在郡。初得消息，遣一参军诣朝廷，求分会稽为越州。使人受意失旨[⑧]，大为时贤所笑。蓝田密令从事数其郡诸不法，以先有隙，令自为其宜。右军遂称疾去郡，以愤慨致终。

【注释】

①王右军：王羲之。蓝田：王述。

②晚节：晚年。论誉转重：舆论评价逐渐提高。
③丁艰：遭父母之丧。此指母丧。
④代为郡：代替王述做会稽内史。
⑤诣门自通：登门自己通报去吊唁。
⑥不前而去：不上前吊唁慰问就离开了。
⑦嫌隙大构：结下深深的仇怨。
⑧使人：使者。

【点评】

王羲之一向瞧不起蓝田侯王述。王述晚年的声望逐渐提高，王羲之就更加耿耿于怀表示不满。王述之母过世时，王羲之登门吊唁，但主人哭了以后，他却不进去哭吊就走了，以此凌辱王述。这样一来，双方的仇怨就更深了。后来王述出任扬州刺史，王羲之就派一名参军到朝廷去，请求把会稽郡从扬州分出来，另外设置越州。没料到这位使者接受了他的差遣却违背了他的意图，结果为时贤所讥笑。而王述则暗中命令属官列举王羲之的多种不法行为，逼迫王羲之称病离职。最后王羲之竟因愤激而死。